Un toque caliente

Jennifer Greene

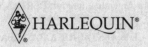

HARLEQUIN®

Editado por HARLEQUIN IBÉRICA, S.A.
Hermosilla, 21
28001 Madrid

I.S.B.N.: 84-671-3178-0
Depósito legal: B-37551-2005
Editor responsable: Luis Pugni
Composición: M.T. Color & Diseño, S.L.
C/. Colquide, 6 portal 2 - 3º H, 28230 Las Rozas (Madrid)
Fotomecánica: PREIMPRESIÓN 2000
C/. Algorta, 33. 28019 Madrid
Impresión y encuadernación: LITOGRAFÍA ROSÉS, S.A.
C/. Energía, 11. 08850 Gavá (Barcelona)
Fecha impresion para Argentina: 2.8.06
Distribuidor exclusivo para España: LOGISTA
Distribuidor para México: CODIPLYRSA
Distribuidores para Argentina: interior, BERTRAN, S.A.C. Vélez
Sársfield, 1950. Cap. Fed./ Buenos Aires y Gran Buenos Aires,
VACCARO SÁNCHEZ y Cía, S.A.
Distribuidor para Chile: DISTRIBUIDORA ALFA, S.A.

Capítulo Uno

El respeto era un tema espinoso para Phoebe Schneider. Durante años había sido una buena fisioterapeuta y, como nadie le había retorcido el brazo para que se hiciera masajista, era absurdo quejarse. Muchos hombres pensaban que una masajista era una chica de vida alegre, pero los hombres, por su naturaleza, solían hacerse ese tipo de ilusiones.

A los veintiocho años, Phoebe sabía perfectamente bien cómo funcionaban las cosas. Pero tenía un problema con eso del respeto... un problema de proporciones gigantescas.

Hoy, sin embargo, era uno de esos raros y fabulosos días en los que su trabajo la hacía tan feliz que le daba igual el precio que tuviera que pagar.

Desde la ventana de la sala de juntas del hospital de Gold River, veía las montañas a lo lejos. Como estaban en el mes de febrero, las cumbres seguían cubiertas de nieve, pero dentro del hospital la temperatura era muy agradable.

Los neurólogos de pediatría, el jefe de pediatría y la enfermera de la UCI estaban allí. Phoebe no era la más joven del grupo, pero sí la única masajista.

La única masajista, pero todos estaban escuchándola.

Y más les valía porque, cuando el tema eran los niños, Phoebe se ponía muy seria.

–Hemos hablado de esto otras veces. El problema –dijo con firmeza– es que todos estáis buscando una enfermedad, una patología, algo que podáis curar. Pero cuando se han descartado todas las posibilidades hay que buscar otras salidas –añadió, presionando el ratón del ordenador. En la pantalla apareció la imagen de un bebé de tres meses–. George no está enfermo. George tiene frío.

–Frío –repitió el doctor Reynolds.

–Tiene un frío emocional –Phoebe volvió a pulsar el ratón y apareció una fotografía del niño cuando llegó al hospital. Una enfermera lo metía en la cuna. El bebé tenía los brazos y las piernas rígidos como piedras–. Ya conocéis su historia. Fue encontrado en un armario, medio muerto de hambre... con una madre incapaz de cuidar de él, incluso de darle el biberón. Sencillamente, es un niño que nació en un mundo tan hostil que no conoce el concepto de conexión emocional.

Luego mostró el resto de las diapositivas, ilustrando los cambios que se habían operado en George durante el último mes, desde que Phoebe empezó a trabajar con él. Por fin, terminó la presentación.

–Mi recomendación es no llevarlo todavía a una casa de acogida. Pensamos en el cariño como una necesidad humana, pero la situación de George es más compleja que eso. Si queremos que este angelito sobreviva tiene que estar con otro ser humano las veinticuatro horas al día... literalmente. Tenemos que enseñarle a confiar porque, incluso siendo tan pequeño, ha aprendido a sobrevivir solo. No confiará en nadie a menos que se la obligue a hacerlo.

A mitad de la reunión había entrado, de puntillas, la asistente social. Phoebe veía una expresión de escepticismo en el rostro del neurólogo, de duda en el de la enfermera. Le daba igual. Los médicos querían recetar medicinas, la asistente social quería llevar al niño a una casa de acogida para quitárselo de encima.

Todos querían una respuesta fácil y Phoebe sugería soluciones caras, inconvenientes y a largo plazo; algo que molestaba a todo el mundo y que caía peor porque quien lo proponía era una insolente masajista de bebés... una masajista pelirroja, de metro y medio.

Nadie había oído hablar de una masajista de bebés cuando llegó al hospital Gold River. Aunque tampoco habían oído hablar de ese trabajo en Asheville, donde empezó. Ella nunca había tenido intención de inventarse un trabajo que no existía, pero no hacía más que encontrarse con niños abandonados para los que el sistema sólo tenía respuestas inadecuadas y terribles.

No era culpa suya que sus poco ortodoxas ideas funcionasen. Y tampoco era culpa suya que peleara como una fiera por los niños.

Quizá había encontrado su vocación. Además, gritar y discutir era algo natural para Phoebe.

Cuando la reunión terminó, a las cuatro en punto, los médicos, la enfermera y la asistente social salieron de allí como si los liberasen de prisión.

Phoebe empezó a canturrear. Había conseguido que le hicieran caso, de modo que lo de ponerse como una fiera funcionaba. Y ahora, como la reunión había terminado antes de lo previsto, podía irse a casa y sacar a pasear a sus perritas antes de cenar.

Antes de salir, decidió ponerse un poco de brillo en los labios. Debía de tener media docena de brillos y barras de labios en el fondo del bolso, pero quería precisamente el brillo de frambuesa que iba con el jersey...

–¿Señorita Schneider? ¿Phoebe Schneider?

Ella se volvió, con el tubo de brillo en las manos. Había dos hombres en la puerta... de hecho, bloqueaban la salida con la misma efectividad que un volquete. No eran del hospital. En el hospital de Gold River había algunos médicos muy guapos, pero no conocía a ninguno con hombros como una puerta y músculos de leñador.

–Sí, soy yo.

Cuando se dirigieron hacia ella, Phoebe tuvo que controlar el impulso de salir corriendo. Evidentemente, ellos no podían evitar ser gigantes, igual que ella no podía evitar ser tan bajita. Tampoco era culpa suya que fueran tan guapos; desde el pelo rubio oscuro hasta los ojos casta-

6

ños... y ella no podía evitar tener la personalidad de un bulldog. O eso decían algunos. Personalmente, Phoebe pensaba que era una chica muy maja. En algunas circunstancias. Cuando tenía tiempo.

—Veo que están buscándome.

El más alto, el que llevaba un traje gris, contestó primero:

—Sí. Queremos contratarla para nuestro hermano.

—Su hermano —repitió ella. Estaba cerrando el bote de brillo, pero se le cayó de las manos. El que no llevaba traje se inclinó para recogerlo.

—Yo soy Ben Lockwood y éste es mi hermano Harry.

—¿Lockwood? ¿Como el restaurante Lockwood?

En Gold River había muchos restaurantes, pero ninguno tan elegante como ése. El apellido Lockwood hablaba de dinero e influencias. Quizá por eso, Phoebe nunca se había encontrado con ellos.

El del traje contestó enseguida:

—Sí. Es el restaurante de Harry, el chef de la familia. Yo soy constructor y nuestro hermano pequeño se llama Fergus... Fergus es para quien queremos contratarla.

Phoebe arrugó el ceño. Hombres. Buscando una masajista. Para otro hombre. Lo uno más lo otro casi siempre daba como resultado que alguien pensara que la contrataba para algo más que dar masajes.

Pero no perdió el tiempo poniéndose a la defensiva; sencillamente, tomó sus cosas y salió de la sala. Los hombres la siguieron hasta la entrada del hospital.

–No sé por qué no me han llamado por teléfono, estoy en la guía. Si me hubieran llamado les habría dicho que yo sólo trabajo con niños.

Ben tenía una respuesta preparada:

–No hemos llamado porque temíamos que dijera que no. Y sabemos que trabaja con niños ahora, pero en el hospital nos dijeron que era usted fisioterapeuta, la mejor que habían visto nunca. Fergus se encuentra en una situación muy especial, así que esperábamos que hiciera una excepción...

Phoebe no pensaba darle masajes a un hombre adulto. A ninguno. No era por falta de valor, pero le habían roto el corazón y no pensaba arriesgarse de nuevo. Quizá en la próxima década pero, por el momento, sólo pensaba arriesgarse con niños.

Nada de eso era asunto de aquellos hombres, claro. Les dijo que no tenía tiempo y ellos se quedaron como si les hubiera echado un jarro de agua fría. Sin hacer caso de sus protestas, la siguieron hasta el aparcamiento como enormes cachorros-guardaespaldas.

Típico del mes febrero en Carolina del Norte, la noche caía rápida como una piedra. El fresco viento se había vuelto furioso y desagradable y las nubes se movían a toda velocidad. En un mes, las magnolias y los rododendros del hospital habrían florecido, pero en aquel momento ni siquiera los robles tenían demasiadas hojas. El viento se colaba por su larga trenza, moviendo el lazo y amenazando con desatarla.

Y aquellos chicos, los Lockwood, amenazaban también con desatarla.

Pero no por las razones que habría pensado al principio. Cuando llegaron a su furgoneta, Phoebe tenía la impresión de que estaba enamorándose de ellos. La miraban como si fuera una diosa. Eso ayudó bastante. La trataban como si fuera una heroína. Eso también ayudaba. Pero sobre todo, ella tenía un sexto sentido con los predadores y aquellos chicos no lo eran.

¿Cómo iba a resistirse?

—Ben, Harry, a ver... No sé si os han informado bien, pero yo no hago fisioterapia fuera del hospital. No tengo tiempo. Además, si vuestro hermano tiene un problema complicado, yo no estoy cualificada para ayudarlo...

—Fergus ha visto a montones de especialistas. Médicos, psiquiatras, fisioterapeutas... Incluso llamó a un cura y ni siquiera es católico —le explicó Ben—. Tenemos que intentar algo diferente. Si quisieras ir a verlo...

En los siguientes cinco minutos, Phoebe se percató de que los hermanos Lockwood se referían unos a otros con nombres de animales. Ben era el oso, Harry el alce y al hermano pequeño, Fergus, lo llamaban Fox, el zorro.

Los dos eran personas muy ocupadas y lo habían dejado todo para ir a hablar con ella, de modo que debían de querer mucho a su hermano, pensó.

–En serio, yo no puedo ayudarlo. Si pudiera, lo haría.

–Pero ven a conocerlo al menos...

–No puedo.

–Al menos, ve a verlo. Y luego, si no puedes ayudarlo, lo entenderemos. Sólo te pedimos que lo intentes.

–No puedo, de verdad.

–Sólo una vez. Te pagaremos quinientos dólares por media hora, ¿qué tal? Te juro que si decides que no puedes hacer nada, no volveremos a molestarte. Tienes nuestra palabra.

Insistieron e insistieron, intentando convencerla, chantajearla... Phoebe nunca había conocido a nadie que pudiera convencerla de nada, pero aquellos dos eran increíbles.

Si aceptaba un paciente masculino, podría volver a pasar lo que le pasó con Alan. Y no merecía la pena el riesgo.

–Lo siento, chicos, pero no –dijo con firmeza.

A las siete, Phoebe salía del garaje.

–No quiero oír ninguna queja –le dijo a sus perritas–. Una mujer tiene derecho a cambiar de opinión.

Ni Mop ni Duster discutieron. Mientras pudieran ir en la furgoneta sacando la nariz por la ventanilla, todo les daba igual.

–Vosotros quedaos a mi lado. Si algo huele mal, nos iremos corriendo. ¿De acuerdo?

De nuevo, ninguna de las dos respondió. Después de dos años, Phoebe no estaba segura de quién había rescatado a quién. Las dos cabecitas blancas rizadas aparecieron en su puerta cuando llegó a Gold River. Estaban sucias y desnutridas, abandonadas. Pero incluso entonces se portaban como si ella fuera la abandonada y ellas las que la adoptaban.

–Los hermanos Lockwood son muy simpáticos... Lo sé, lo sé, son hombres. ¿Y quién puede confiar en alguien lleno de testosterona? Pero, de verdad, la situación no es como yo creía. Parece que el otro hermano lo está pasando mal, de modo que, aunque no pueda hacer nada, me parecía horrible seguir diciendo que no.

De nuevo, las perrillas se quedaron en silencio. Las dos miraban por la ventanilla, con la lengua fuera, las orejas al viento, sin hacerle ni caso.

Antes de que se pusiera el sol, empezaron a encenderse las luces en la calle Mayor. Si no hubiera aceptado acudir a la casa, estaría comprando zapatos o pasando por casualidad por las rebajas. Bueno, no por casualidad, pero el principio seguía siendo válido.

Phoebe empezó a preocuparse. A ella le encantaba su trabajo. El banco decía que estaba muy lejos de ser solvente, pero el dinero no le importaba. Hacer algo por los demás, sí. Y había encontrado una terapia para los niños abandonados. Los niños eran lo suyo.

Los hombres no.

Le gustaban los hombres. Siempre le habían gustado, pero...

Conoció a Alan antes de hacerse masajista, cuando seguía siendo fisioterapeuta. Era un paciente recuperándose de un hueso roto. De inmediato, la había juzgado hedonista y sensual, una mujer a la que le gustaba tocar. Y él adoraba esas cualidades.

Eso decía.

También decía que era la mujer más excitante que había conocido.

Al principio.

Nerviosa, Phoebe se mordió una uña. Se había ido a Gold River para olvidar a Alan y empezar otra vez. Y lo había hecho. Tenía toda la vida por delante, pero debía andarse con cuidado.

Los hermanos Lockwood habían saboteado su tranquilidad espiritual pintando una imagen conmovedora de su hermano. Una imagen que Phoebe no podía quitarse de la cabeza.

Aparentemente, Fox se había ido voluntario a Oriente Medio y fue víctima de lo que llamaban una «bomba sucia», una bomba casera cargada de metralla. En el hospital de veteranos le habían dado el alta después de curar sus heridas, pero eso no significaba que estuviera curado. Tanto Ben como Harry admitían que su hermano parecía estar recuperándose, pero ya no era el mismo de antes.

Habían llamado a médicos y fisioterapeutas, a los mejores, pero Fox estaba encerrado en sí mismo. Nadie podía hacer nada.

Por lo visto, habían sabido de ella a través de una doctora amiga, quien les habló de su toque mágico con los niños. Eso era una exageración, por supuesto. Phoebe no tenía un toque mágico y no podía curar a nadie. Desde luego, no a un hombre adulto traumatizado por heridas de guerra.

Había bajado la guardia al ver que los hermanos Lockwood no estaban buscando un revolcón, pero ahora volvía a sentirse insegura. Seguramente, su hermano sufría un síndrome postraumático o como se llamara eso. Era muy triste, pero ella no tenía conocimientos sobre el tema.

En realidad, había aceptado ir porque... porque era tonta. Los Lockwood le parecieron tan encantadores que no pudo decir que no.

Entonces se dio cuenta de que el papel en el que llevaba la dirección ya no estaba en el asiento.

—¡Mop, dámelo!

Mop escupió un trozo masticado de papel. Afortunadamente, la dirección seguía siendo legible. Phoebe dobló en la calle Magnolia y subió la colina. Supuestamente, sabía dónde vivían los ricos, pero nunca había tenido una excusa para pasar por allí.

Había varias mansiones sobre el río donde los antepasados de aquella gente habían hecho una fortuna con el oro. Las casas estaban escondidas tras altas cercas de piedra y puertas de hierro forjado, pero como los árboles no tenían muchas hojas en aquella época del año podía ver parte de las impresionantes mansiones. La mayoría construidas con piedra local y mármol, con enormes porches y bien cuidados jardines.

La casa de los Lockwood estaba en la esquina de una calle sin salida.

Phoebe atravesó la verja de hierro, pasó al lado de una casa de dos pisos con garaje, como le habían dicho, y se detuvo frente a una más pequeña. Los Lockwood la llamaban «la casa de soltero», un sitio en el que los hermanos solteros vivían hasta que se casaban y donde podían organizar juergas sin molestar a su madre. El concepto sonaba muy decadente, pero Fox vivía allí desde que salió del hospital.

De cerca, la casa grande no parecía tan lujosa. Más bien, agradable, acogedora, con todas las luces encendidas. Por contraste, sólo había una luz encendida en la casa de soltero, dándole un aspecto fantasmagórico.

A ella le gustaban las historias de fantasmas, se recordó a sí misma. Además, era demasiado tarde para echarse atrás.

Antes de que pudiera salir de la furgoneta se encendieron las luces del porche, de modo que los hermanos debían de estar esperándola, pensó.

Mop y Duster saltaron del asiento y galoparon entre las sombras para hacer pis antes de dirigirse corriendo hacia ellos. Phoebe las siguió, más despacio. Los mismos Lockwood que la habían convencido en el aparcamiento del hospital estaban ahora acariciando a sus perritas, pero se pusieron muy serios en cuanto ella se acercó.

–Voy a pagarte ahora mismo –dijo Harry.

–Anda, cállate. Te he dicho que quinientos

dólares es una barbaridad. No me gustan los chantajes –replicó Phoebe–. Y tampoco sé hacer milagros.

–No es eso lo que nos han dicho.

–Bueno, pues os han informado mal. Esto no tiene nada que ver con lo mío. Tu hermano pensará que estáis locos por traer aquí una masajista. Y yo también.

Encogiéndose de hombros, Ben le hizo un gesto para que lo siguiera, con las perritas adelantándose, como si conocieran el camino.

No era su tipo de decoración, pero la casa le gustaba. La cocina estaba llena de platos y fuentes de comida sin tocar, había armarios con puertas de cristal y el suelo era de barro. Tenía que identificar las cosas con la luz del pasillo porque, aparentemente, allí nadie creía en los beneficios de la electricidad.

Además de la cocina y un par de dormitorios, a la derecha estaba el salón. Phoebe estaba mirando la chimenea de piedra cuando oyó una especie de gruñido:

–¿Qué demonios...?

Estaba claro que sus perritas se habían presentado ante Fox Lockwood.

El salón estaba apenas iluminado por una lamparita con una bombilla de cuarenta, pero enseguida vio que allí había mucha testosterona. Nada de estampados alegres en el sofá o las cortinas. Suelos de madera, persianas, muebles de madera oscura: la casa de un hombre. El sofá y los sillones, tapizados en tono granate, una mesa de madera con marcas de vasos... La habitación olía a polvo y al whisky de la noche anterior.

La soledad de ese cuarto le tocó el corazón... y sí, también la solitaria figura sentada en el sofá.

Si sus hormonas se hubieran despertado a primera vista, habría salido corriendo. Ésa era la amenaza, claro. Que le gustara un hombre que pudiera volver a hacerle daño... un hombre que pensara lo que no era de su profesión, que la juzgara por las apariencias.

Pero eso no iba a pasar. No con aquel hombre.

Fox era tan seguro que bajó la guardia. No iba a hacerle daño. Y tampoco iba a fijarse en ella.

Una sola mirada y su corazón se llenó de compasión.

Había pensado que Fox Lockwood sería guapo porque sus hermanos lo eran. Pero era más largo que Abraham Lincoln e igual de delgado. Tenía los ojos oscuros, hundidos, un rostro anguloso de mandíbula cuadrada y labios delgados. Los hombros anchos, como sus hermanos, pero los vaqueros le quedaban grandes, como si hubiera adelgazado recientemente.

Sus hermanos tenían una sonrisa encantadora. Sin embargo, en los ojos de Fox había tanto dolor que Phoebe tuvo que contener el aliento.

Sólo tuvo un momento para mirarlo y para darse cuenta de que sus dos bolas de pelo estaban encima de él... antes de que él la viera en la puerta.

—Oso, Alce, sacadla de aquí.

No lo gritó. Su tono no era ni remotamente grosero. Era simplemente frío y cansado. Los dos hermanos salieron de la cocina.

–Tranquilo. Sólo queremos que hables...

Quizá Fox era el más joven de los dos, y el más débil, y sin embargo, parecía el jefe de la familia.

–No sé qué queríais hacer, pero no va a pasar. Fuera de aquí. Dejadme en paz.

¿Quién habría pensado que el flaco y antipático Fox pudiera expresar tanta autoridad?, se preguntó Phoebe.

Pero ésa no era la razón por la que su corazón había empezado a latir como loco.

Él ni siquiera la había mirado. Ni a sus hermanos. Tenía los ojos cansados y la piel cetrina por la falta de sol.

Pero sus perritas no se separaban de él. Las dos sabían a qué humano había que evitar y cuál necesitaba atención. Las dos respondían instintivamente al dolor.

Ahora entendía por qué aquel sitio estaba tan oscuro. La luz, sin duda, le haría daño.

Se dijo a sí misma que su pulso latía acelerado por razones obvias: le importaba aquel hombre que estaba sufriendo. Siempre le pasaba igual. No estaba respondiendo porque fuera del género opuesto. De eso no tenía que preocuparse, estaba segura. Y no podía alejarse de un ser humano que estaba sufriendo.

–Salid un momento –le dijo a los dos hermanos–. Dejad que hable a solas con él. Mop, Duster, tranquilas, ¿eh?

Las perritas obedecieron de inmediato, pero los chicos no eran tan fáciles de convencer.

–A lo mejor nos hemos equivocado –empezó a decir Harry–. No podemos dejarte a solas con...

–No pasa nada –insistió ella, empujándolos hacia el pasillo.

Por supuesto, no fue tan fácil. En cuanto cerró la puerta, la casa se quedó en completo silencio y un escalofrío recorrió su espalda al ver el brillo furioso en los ojos de Fox.

Pero Phoebe sólo tenía miedo de una cosa.

Y no era aquélla.

Tenía miedo de los seductores. Pero un alma torturada y malhumorada como Fox Lockwood era pan comido. El pobre no sabía a quién habían llevado sus hermanos a cenar.

Capítulo Dos

–Fox, me llamo Phoebe Schneider. Tus hermanos me han pedido que viniera.

Él oyó la voz y vio la sombra, pero era como intentar procesar información a través de una niebla. Le dolía la cabeza si intentaba concentrarse. Y cuando intentaba hablar. Y cada vez que respiraba sentía como si le clavaran cuchillos en los costados.

–Me da igual quien sea. Vete.

Parecía haber un perro... no, dos, sobre sus piernas. Podía sentir sus hocicos mojados, pero no le importaba. Quizá era la sorpresa, el pelo rizado bajo los dedos. Pero entonces la mujer les ordenó que bajaran al suelo y ellos obedecieron de inmediato.

–Me encantaría marcharme, Fox. La verdad, yo no quería venir aquí para nada. Pero tus hermanos son unos pesados... Se les metió en la cabeza que podía ayudarte y no me dejaron ir hasta que les prometí que, al menos, lo intentaría.

Los dolores de cabeza siempre aparecían con retazos de memoria. El chico de pelo oscuro y preciosos ojos tristes tomando la tableta de chocolate y luego... la explosión.

Los dolores de cabeza repetían siempre el mismo patrón. A veces, como en aquel momento, literalmente veía las estrellas. Irónicamente, eran preciosas, con un aura plateada que lo habría hipnotizado si no hubiera un martillo golpeando sus sienes. Y sí, oía la voz de la mujer. Su voz era como de terciopelo, suave, sexy, tranquilizadora. Pero no entendía bien sus palabras porque nada se registraba en su cerebro en aquel momento.

Pero seguía allí. Eso lo sabía.

Oyó un ruido, como si soltara sobre el sofá un jersey o una chaqueta. Y entonces, de repente, percibió nuevos olores en la habitación: camelias, fresas, naranjas. Y le pareció ver una larga melena color canela oscura.

Cuando el dolor de cabeza era tan horrible, nunca estaba seguro de qué era realidad y qué era alucinación.

–No quiero que desperdicies tu energía hablando, pero me gustaría saber el porqué de estos dolores de cabeza. Tus hermanos me han dicho que estás recuperándote de una explosión. ¿Dónde recibiste el impacto, en la cabeza o en el cuello?

Él intentó contestar sin mover los labios.

–Tengo trozos de metralla por todo el cuerpo. Pero no en el cuello ni en la cabeza... Demonios –entonces cerró los ojos y apretó los dientes–. Vete de aquí.

–Lo haré –prometió ella–. Entonces, ¿son migrañas?

Fox no contestó.

–Si son migrañas –siguió Phoebe– supongo que el médico te habrá dado unas pastillas...

No funcionaba.

–Yo antes tomaba montones de pastillas: codeína, ergotamina, pastillas de calcio... pero he dejado de tomarlas. Vomito cuando tomo pastillas...

Alarmado, él notó que se acercaba. Y sí, definitivamente, tenía el pelo largo, color canela oscura. Otras impresiones lo bombardeaban: el olor a fresas, a camelias. Una boca sensual, de labios generosos. Los ojos claros. Azules. Muy azules.

–Vete –repitió.

Si tenía que echarla a empujones, lo haría. Acabaría agotado, pero lo haría.

Por fin, ella pareció entenderlo porque se dio la vuelta. Fox oyó sus pasos, oyó el ruido de la puerta, las voces de sus hermanos y luego la puerta cerrándose de nuevo.

El repentino silencio debería haberlo hecho sentirse en paz, pero no era tan fácil. Fox se concentró en cerrar los ojos, sin moverse, sin pensar, sin respirar más de lo necesario. Pero el rostro del niño volvía a aparecer en su mente. Un niño pequeño, como los niños a los que solía dar clase de historia...

Y el golpeteo que sonaba en su cabeza era como el mazo de un juez, como si lo estuviera acusando de un terrible crimen, como si lo hubiesen declarado culpable sin darle la oportunidad de defenderse.

Entonces volvió a oír su voz otra vez... su voz, su presencia y sí, sus perros. Uno se sentó en su estómago e intentó chupar su mano.

–Abajo, Mop –dijo ella y, de nuevo, el animal obedeció–. Normalmente trabajo en casa, así que mis perritas están acostumbradas a mis pacientes. Y cuando no estoy en casa, dejo abierta una puertecita que da al jardín. Pero no les gusta que me vaya por las noches, así que suelo llevarlas conmigo.

–No... –murmuró Fox.

Aquello había ido demasiado lejos. El propósito de la charla era distraerlo y estaba harto. Entonces oyó que encendía una cerilla. La chica apagó la lámpara y encendió una vela. Aquella desconocida había apagado la lámpara y encendido una vela... Aunque la oscuridad era mucho más agradable para sus ojos, para su cabeza.

–Cierra los ojos.

–Por Dios bendito... ¿tengo que echarte de mi casa a empujones?

–Cierra los ojos y relájate. No tienes que preocuparte por mí, no voy a molestarte. Calla y relájate.

Aquello era tan ridículo que Fox se quedó momentáneamente estupefacto. Incluso desaparecieron los recuerdos. Imaginaba que debía de ser enfermera o algo parecido, pero le daba igual.

–No sé qué demonios estás... yo, ¿qué...?

Lo había tocado.

Estaba detrás de él y había puesto las manos en sus sienes. Unos dedos largos, suaves, acariciaban sus sienes y su frente. Le estaba poniendo una sustancia, una crema. Ella empezó a masajear su frente, el puente de la nariz, el cuero cabelludo...

Fox abrió la boca para decirle que se fuera, incluso pudo emitir la «J» de la palabra que iba a decir, pero no lo hizo.

Quería decir un taco, pero no le salía nada.

Exasperado, intentó hablar, pero ella seguía masajeando su cabeza con aquella crema...

–No puedo eliminar una migraña, pero si podemos conseguir que te relajes, al menos podrás dormir un rato. Estás tan tenso por el dolor que no puedes relajarte. Si pudieras moverte un poco, el brazo del sofá no me molestaría tanto...

Él había dejado de escucharla. No podía escucharla. Estaba demasiado ocupado... sintiendo.

Aquella chica seguía masajeando sus sienes, sus orejas, su cuello. Frotando, calmando, acariciando.

Cuanto más lo masajeaba, más sentía él una profunda excitación sexual. Aunque no le estaba haciendo nada sexual, no lo tocaba por debajo del cuello.

El dolor de cabeza no desapareció inmediatamente, pero las sensaciones que invocaba eran más grandes que el dolor, tanto como para distraerlo.

Ella empezó a canturrear por lo bajo la canción *Summertime*. Esa canción sobre lo fácil que

23

era la vida cuando el algodón florece. Cantaba fatal. No tenía oído y debería ponerlo de los nervios, pero no era sí.

Las yemas de sus dedos acariciaban sus ojos cerrados, tan suavemente como si fueran de seda. Rozaba sus pómulos, su mandíbula, volvían a subir...

De repente se puso duro, lo cual era tan imposible como el resurgimiento del ave fénix. Ningún hombre podía tener una erección con tal dolor de cabeza. La idea era absurda.

Pero ninguna mujer lo había tocado así. Nunca había sentido esa conexión. Como si hubiera alguien al otro lado del oscuro abismo y ya no estuviera solo, como si supiera cosas íntimas de él, cosas sobre sus sentimientos que no sabía nadie más.

Era aterrador.

Él no dejaba a nadie entrar en su vida. O no lo hacía desde que volvió de Oriente Medio. Desde entonces, su vida había cambiado irrevocablemente. Quería que lo dejaran solo y en paz. Tampoco la quería a ella a su lado, pero... demonios.

Se veía tragado poco a poco por una especie de hechizo.

Aquella chica podía decir lo que quisiera, hacer lo que quisiera mientras siguiera dándole ese masaje. Toda la rehabilitación en el hospital no había servido de nada.

Hasta que ella apareció.

Tenía los ojos cerrados y podía sentir que llegaba. El sueño. El sueño de verdad, no ése en el que despertaría sobresaltado, cubierto de sudor, con el corazón acelerado, viendo gritos y explosiones y la cara de aquel niño.

No, ése no. El otro sueño. El sueño reparador, el sueño en el que uno se hunde en la oscuridad y puede... dejarse... ir.

Mop y Duster levantaron la cabeza cuando apagó las velas. Phoebe esperó para comprobar el ritmo de la respiración de su paciente y luego tomó sus cosas y salió del salón intentando no hacer ruido.

Ben y Harry estaban esperando en la puerta.

–Se ha dormido.

Los dos hermanos se miraron.

–No puede ser. Ya no duerme. De hecho, eso es parte del problema, que no puede descansar.

–Pues ahora está profundamente dormido –dijo Phoebe.

No sabía cuánto tiempo había estado dentro de la casa, pero ahora el cielo estaba negro como el carbón.

Era normal que le temblasen un poco las manos después de un masaje. Pero aquella noche había otra razón para ese temblor, una razón que la turbaba. Y, encima los hermanos Lockwood la miraban como si fuera una santa.

–No he hecho nada especial. No puedo curar las migrañas. Pero lo mejor para la gente con dolores de cabeza es que duerman. Podría haberlo hecho cualquiera...

–Pero nadie lo ha conseguido. Y no sabes cuánta gente ha pasado por aquí.

Phoebe no pensaba discutir. Además, le dolían las rodillas de estar inclinada en el sofá y sus manos... seguían sintiéndolo.

–Estará mejor cuando despierte... ¿vive solo aquí?

–Sí –contestó Harry–. Mi madre vive en la casa grande, sola desde que murió mi padre y nosotros nos independizamos. Ben tiene una casa en el campo y yo vivo en un apartamento encima de mi restaurante.

–Ya veo.

–La casa de soltero llevaba años vacía, pero Fox dejó su apartamento cuando entró en el ejército. Y cuando volvió, destrozado, esta casa nos pareció el mejor sitio.

–Venimos a verlo casi todos los días desde hace dos meses. Fox quiere estar solo, pero no puede cuidar de sí mismo...

–No puedo creer que esté dormido –suspiró Harry.

–No me mires con esa cara –dijo Phoebe.

La miraban como si fuera un ángel, lo cual era ridículo.

–¿Cón qué cara?

–Como si hubiera hecho un milagro.

–Es un milagro.

–De eso nada. Es que llegué justo a tiempo. Tenía sueño.

–Sí, seguro –dijo Ben.

–Sí, bueno, no pienso volver, así que no insistáis. Vuestro hermano ha dejado claro que no quiere volver a verme por aquí.

–¿Volverías si él te lo pidiera?

–No me lo pedirá –contestó Phoebe.

–Pero si te lo pide...

–Entonces ya veremos –lo interrumpió ella, buscando las llaves en el bolso. No es que llevara un bolso grande, es que podría sobrevivir en Europa durante seis meses con las cosas que llevaba dentro. Por fin, sacó las llaves y vio que los dos hermanos se inclinaban para darle un beso en la mejilla.

No pudo hacer nada para evitarlo.

–Gracias, Phoebe. Te queremos.

–Por favor...

Hasta que salió de la casa, tenía los hombros tensos pero poco a poco se fue relajando y su corazón empezó a latir con normalidad.

El masaje había sido erótico. No podía tocar a nadie, tocarlo intensamente, la clase de masaje necesario para ayudar a alguien, sin responder.

Así que darle el masaje a Fox la había excitado. Eso no era nada nuevo. Nada interesante.

Nada de lo que debiera tener miedo.

–¿Verdad, chicas?

Las perritas levantaron la mirada, como para darle la razón. Pero Phoebe parecía tener la respiración agitada.

Fue Alan quien la hizo sentirse inmoral y barata. Como si sexualidad y sensualidad fueran debilidades del carácter que la hacían menos que decente. Ella sabía que eso era mentira. Lo sabía, pero le costaba trabajo olvidarlo.

En su cabeza y en su corazón, creía que el tacto era el sentido más poderoso. Casi todo el mundo respondía al tacto. Podían pasar hambre, no dormir, podían sufrir toda clase de privaciones, pero la gente que no tocaba a alguien durante mucho tiempo perdía parte de sí mima.

Phoebe entendía perfectamente bien que el tacto en sí mismo no podía curar nada. Pero sí podía conseguir que alguien quisiera curarse. Ayudaba a descansar, recordaba hasta a las almas perdidas que había algo al otro lado de la soledad, la maravilla de conectarse, de encontrar a alguien que te tocara el corazón.

Phoebe entró en el caminito que llevaba a su casa, pasando delante del cartel:

Phoebe Schneider, Cultura física, Fisioterapeuta Diplomada.
Terapia de masajes para niños.

El cartel era la clave, se dijo.

Tenía que dejar de pensar en Fergus Lockwood como hombre y pensar en él como si fuera un niño.

En realidad, podía ser uno de esos niños abandonados y privados del tacto de su madre. Y necesitaba de tal forma ser tocado que respondía fiera y evocativamente ante cualquier contacto.

En otras palabras, no había respondido a ella como mujer.

Phoebe salió de la furgoneta e intentó que sus perritas la dejaran entrar en casa.

–Bueno, pues eso es lo que hay, chicas. No volverá a llamar, pero en caso de que lo haga, pensaremos en él como si fuera uno de nuestros niños.

En cuanto encendió la luz del pasillo, en su mente apareció la imagen de una piel caliente, de unos fieros ojos oscuros...

Phoebe tragó saliva y pensó en niños... sí, seguro.

El domingo por la tarde, cuando estacionaba el coche en el aparcamiento de la residencia de ancianos del hospital, Phoebe se había olvidado de Fox.

Por completo.

Un fuerte viento de la montaña golpeaba el valle, enviando trocitos de nieve como confeti. Era una tarde de esas en las que una sólo quiere tumbarse en el sofá con sus perritas, un libro, una buena película y una taza de chocolate.

Se preguntó entonces, por preguntarse algo ya que se había olvidado completamente de él, si Fox se sentiría tentado por el fuego de una chimenea en una tarde fría.

El pobre tenía muchos más problemas que los dolores de cabeza, le habían dicho sus hermanos. Llevaba dos meses en Gold River y, desde entonces, permanecía encerrado en casa. No veía a nadie, no devolvía las llamadas, no hacía nada.

Phoebe no sabía que hacía antes de alistarse

en el ejército, pero evidentemente estaban describiendo un problema de depresión. Quizá la depresión era resultado de su experiencia en Oriente Medio. Quizá por sus heridas, que no habían curado del todo; el dolor crónico podía destrozar hasta al más optimista. El problema era que resultaba difícil ayudar a alguien sin saber realmente lo que le pasaba.

Un terapeuta tenía que saber qué motivaba a ese individuo.

Aunque ella no estaba pensando en qué motivaba a Fox.

No estaba pensando en él en absoluto.

–¡Phoebe!

–Hola, guapo –como siempre, los ancianos de la residencia la saludaban efusivamente nada más entrar... y a sus perritas, tan bienvenidas allí los domingos por la tarde como ella.

En principio, tenía las manos llenas con los niños, pero el director de la residencia la había acorralado para que fuera a visitar a los ancianos los domingos. Ella no había dicho que sí porque fuera tonta, pero... en fin, no supo cómo decir que no.

Barney, a quien siempre llamaba «guapo», tenía noventa y tres años y era más delgado que un palo, pero tenía una buena mata de pelo blanco. Caminaba con un bastón y las manos le temblaban, pero seguía siendo un seductor.

–Qué guapo estás hoy. Creo que deberíamos escaparnos de aquí y tener una aventura.

–Anda ya. Tú eres joven y guapa...

–¿Y tú no? –Phoebe le dio un azote en el trasero y siguió saludando a los otros ancianos.

La peor zona era el ala de enfermos terminales. Siempre empezaba por allí. Nadie parecía tocar a los enfermos terminales salvo las enfermeras. Y nadie tenía tiempo para mostrarles afecto y cariño.

Mop y Duster podían subirse a las camas, las animaban a hacerlo incluso. Incluso los del grupo de Alzheimer acariciaban a sus perritas. Ella daba masajes a los ancianos en el cuero cabelludo, en la espalda, les metía las manos o los pies en agua salada... Algunos no respondían. Pero otros sí.

Una hora después fue a la zona este, un grupo más animado. Ellos se peleaban por tener a las perritas, no dejaban de hablar y se quejaban de todo.

Phoebe no podía evitar quererlos porque la hacían sentirse necesitada.

La mayoría habían perdido a su marido o su mujer y sus parientes parecían tener miedo de sus frágiles huesos. Tenían tanto hambre de unas manos, de un beso, de abrazar a alguien.

El director de la residencia le había suplicado que trabajase para ellos regularmente. Decía que todos los ancianos se animaban con sus visitas, que para ellos marcaba una diferencia en salud y moral.

Eso era una bobada, claro. Pero durante unas horas Phoebe no paraba. Le lavó el pelo a Willa, no porque en la residencia no hubiera peluquero sino porque Willa adoraba que le diera un masaje capilar. Quién no, claro.

Y eso le recordó a Fox. Los hermanos Lockwood la habían confundido diciéndole que no había forma de llegar a él. Pero el pobre se había derretido con el masaje.

No podía dejar de pensar en ello... el pelo corto entre sus dedos, su mandíbula, su cuello... pero lo mejor había sido un momento cuando, finalmente, sintió que se dejaba ir, lentamente, cuando por fin desapareció el dolor en esos ojos oscuros.

–¿Cómo es que aún no te ha enganchado algún hombre? –le preguntó Martha, como hacía siempre, mientras le frotaba los pies con aceite de bebé–. No lo entiendo. Eres tan guapa, con esa melena roja...

–Una vez estuve a punto de casarme –rió Phoebe–. Pero, afortunadamente, escapé de un destino peor que la muerte viniéndome a Gold River.

–Deberías haber encontrado al hombre de tu vida. No lo entiendo, los hombres deberían estar haciendo cola en tu puerta.

–No, creo que se ha corrido la voz de que soy una mandona.

Gus, que sólo le pedía una cosa cada semana: que se sentara a su lado en la sala de televisión durante diez minutos, de la mano, intervino también:

–Yo me casaría contigo, Phoebe. Puedes quedarte con todo mi dinero.

–Yo me casaría contigo por amor, cariño. No quiero tu dinero.

–Una chica tan guapa como tú debería ser más ambiciosa. Nadie puede sobrevivir sin ser un poco egoísta. Tienes que pensar en ti misma, buscar al número uno.

Era curioso, pensó, lo fácil que resultaba engañar a la gente. Ella no haría ese tipo de trabajo si no recibiera una recompensa. En realidad, era una egoísta que siempre pensaba en ella misma. Y lo demostró cuando sonó el móvil de camino a casa.

Era Harry Lockwood.

–¿Podrías venir a darle otro masaje a Fox?

–No puedo –contestó Phoebe.

–Pero ha preguntado por ti...

Phoebe creyó eso como, a los quince años, creyó a su primer noviete cuando le juró en el cine que iba a parar.

–Mira, si Fox me llama le daré una cita. Pero es domingo por la noche. No he cenado, tengo que lavarme el pelo, colocar mi ropa para la semana, cepillar a mis perros. Los domingos por la noche son sagrados para mí, ¿sabes?

–¿Sólo porque tienes que lavarte el pelo?

–No, es que no creo que tu hermano haya preguntado por mí.

–Muy bien –dijo Harry antes de colgar.

El móvil volvió a sonar cuando estaba aparcando.

–¿Phoebe? ¿Te dije la última vez que estoy locamente enamorado de ti?

Ella rió al reconocer la voz de Ben.

–Te lo juro, sois tontos. Pero la respuesta es no. No pienso ir a menos que Fox me llame personalmente.

Ben siguió hablando, como si no la hubiera oído:

–Yo nunca había querido casarme hasta que te conocí. Siempre me han gustado los traseros y el tuyo es el mejor que he visto...

–¡Oye! Eso es jugar sucio.

–Tenemos que jugar sucio, Phoebe. Fox tiene problemas. Estaba bien unos días después de que pasaras por aquí, pero creo que no ha dormido nada en cuarenta y ocho horas. Si lo hubieras conocido antes de que pasara esto... Fox no paraba ni un momento. Estaba interesado en todo, en deportes, en la comunidad, en los niños. Le encantaban los niños. No te puedes imaginar lo bueno que era con ellos. Así que verlo aquí, en la oscuridad, sin hacer nada...

–Venga, Ben. Si a vosotros no os hace ni caso, ¿por qué demonios crees que yo puedo hacer algo? No puedo ir allí y obligarlo...

–Lo hiciste una vez.

–Tenía tal dolor de cabeza que habría dejado entrar al demonio si hubiera podido hacer algo.

–Hemos intentado que viniera el demonio. Lo hemos intentado todo. Pero tú eres la única que ha podido hacer algo por él –insistió Ben, aclarándose la garganta–. Harry me ha dicho que tenías que lavarte el pelo. Y también ha mencionado la posibilidad de un año de cenas gratis en su restaurante. Y yo estaba pensando, no sé dónde vives, pero soy el constructor del clan y nunca he conocido a una mujer que no quisiera reformar su cocina...

—Por Dios bendito. Esto es ridículo.

—Y mientras te reformo la cocina, tú podrías comer en el restaurante de Harry...

—¡Se acabó! ¡No quiero oír una palabra más!

—¿Eso significa que aceptas?

Capítulo Tres

Fox cerró los ojos y se quedó completamente quieto bajo la ducha.

Había dejado de dormir e incluso de comer y no podía recuperar su vida, pero nada podría evitar que se duchase al menos una vez al día.

Incluso después de dos meses, aún aparecían trozos de metal en su cuerpo. Los médicos decían que las bombas de metralla eran así. Algo nuevo aparecía en la superficie de su piel de vez en cuando. Al principio lo horrorizaba, pero ahora encontraba asombroso, incluso hilarante, lo que los terroristas ponían en esas bombas: trozos de plástico, horquillas, clips, de todo.

Algunas cosas dolían. Otras no. Algunas dejaban cicatrices, otras no. Afortunadamente, nada lo había golpeado en los ojos o la cara... ni por debajo del cinturón, aunque no creía que fuera a mantener relaciones sexuales en el próximo siglo. Tenía que importarte alguien para que se le levantara y a él no le importaba nadie. Aun así, le importaba mucho que su equipo funcionara perfectamente.

Había desarrollado una obsesión con las duchas por miedo a una infección. No le daba miedo morir, pero no quería ni pensar en volver al hospital ni volver a tener heridas infectadas.

Cuando se quedó sin agua caliente, apagó el grifo y alargó la mano para buscar la toalla. Lo hacía todo con cuidado porque a veces la pierna izquierda le fallaba. Técnicamente, el hueso de la pierna había curado, pero había algo dentro que no estaba del todo bien porque podía estar parado y, de repente, le fallaba.

Aquella noche no tenía ese problema, pero en cuanto salió de la ducha se encontró como un anciano, temblando y desorientado. La cara del niño volvió a aparecer en su mente... a veces el niño se convertía en uno de sus antiguos alumnos, a veces era el niño del polvoriento callejón al otro lado del mundo. Fox se apoyó en la pared e intentó respirar con tranquilidad.

Se acercaba un dolor de cabeza. El dolor de cabeza siempre aparecía después de ver al niño. Si algún día recuperaba el sentido del humor, le parecería gracioso que un hombre que no tenía miedo de nada tuviera tanto miedo de un dolor de cabeza. Por supuesto, antes de que llegara el dolor tenía que salir del baño.

Entonces oyó algo... el ruido de una puerta. O lo había imaginado o era Harry, para llenar la nevera con otro montón de fiambreras cuyo contenido no pensaba comer. Fox intentó agarrarse al lavabo... La toalla se le había caído al suelo. Tenía que recuperarla.

—¿Fox?

Era la voz de Ben, no de Harry.

–Estoy aquí.

Esperaba que su hermano mayor no se quedara mucho tiempo. Ben era demasiado protector y se enfadaba por cualquier cosa o con cualquiera que le hiciera daño a sus hermanos.

Fox les había dicho mil veces que no iba a recuperarse. Las heridas curarían, ya casi estaban curadas, pero por dentro estaba hecho trizas. Y no había forma de curar eso.

–¿Fox?

–¡Estoy aquí!

Se obligó a sí mismo a tomar la toalla del suelo para que Ben no pensara que era un inútil.

–Oye, Fox, he traído…

Oh, no. Había pensado que era su hermano, pero su hermano medía un metro noventa y pesaba cien kilos. La intrusa era bajita, con el pelo largo color canela, casi hasta la cintura. Pequeña, de facciones clásicas. Ojos azules, un par de pecas en la nariz y un par de pálidas cejas arqueadas en aquel momento. Y una boca suave, de labios generosos.

Recordaba esa boca. En realidad, recordaba cada detalle de su cara. No quería recordarla, pero era una de esas mujeres que un hombre no podía olvidar.

A saber por qué. No era ningún ángel. Eso seguro.

De nuevo, llevaba un top rojo, casi tan rojo como su pelo. Pero debía de haber comprado los vaqueros en la sección de niños porque le quedaban anchos en las rodillas y en el trasero. Luego estaban las botas, de tacón alto. Se mataría si caminaba mucho rato con ellas.

Evidentemente, encontrarlo en el baño la había parado en seco. Y seguramente no esperaba encontrárselo completamente desnudo.

Ella lo miró a los ojos, luego miró hacia abajo y luego volvió a mirarlo a los ojos a la velocidad del rayo.

—Ay, vaya, lo siento, yo, bueno... —empezó a decir su hermano—. Phoebe, Fox, lo siento. Fox, debería haberte dicho que venía con Phoebe... no había oído el ruido de la ducha, pensé que estabas en el salón...

Fox se tomo su tiempo para cubrirse con la toalla. En fin, ella ya había visto todo lo que tenía que ver y no había forma de esconder todas las cicatrices con una toallita. Además, si hacía movimientos rápidos podría acabar de narices en el suelo.

—¿He llamado yo a una fisioterapeuta?

—Fox, tú sabes que la hemos llamado nosotros. Y ya te he dicho que no es como los otros fisioterapeutas. Es más bien una masajista.

—Ah, claro, una masajista —dijo Fox, mirándola a los ojos—. Estupendo, ya puedes irte a casa. Ésa es la única parte de mi cuerpo que sigue funcionando bien.

La chica suspiró, pero en lugar de ofenderse, como él había esperado, pareció más bien divertida.

—El sexo te iría muy bien, pero no has tenido

suerte. No tengo entrenamiento para eso. Tengo un título de fisioterapeuta y gimnasia sanitaria, reflexología, gimnasia sueca, shiatsu, PNF...

–¿PNF?

–Facilitación neuromuscular...

–Déjalo. Hablemos de tu falta de entrenamiento en cuanto al sexo.

–Parece que hoy estás un poquito más animado –dijo ella. Y eso animó su espíritu como nada.

La cosa era que si podía engañarla a ella, podía engañar a sus hermanos. Incluso podría engañarse a sí mismo.

–¿Necesitas un título en terapia física para dar masajes?

–Lo necesito para poner mis manos sobre hombres desnudos. ¿Para qué si no?

Fox vio a su hermano haciéndole señas frenéticamente, pero no le hizo caso. Estaba pendiente de ella.

No le gustaba exactamente. No podía gustarle porque ninguna mujer lo atraía últimamente. Además, las mujeres que le gustaban tenían pecho y trasero. Ella no tenía nada de eso, pero... maldición.

¿Quién iba a pensar que sonreiría cuando él había querido insultarla?

–Creo que podrías poner tus manos sobre muchos hombres desnudos sin tener que molestar a uno que no está interesado.

–Qué razón tienes. Hacer que los hombres se desnuden es increíblemente fácil. Por otro lado, los hombres fáciles no me han gustado nunca. No son un reto.

–¿Un reto para ti es entrar en casa de un hombre que no te ha invitado?

Phoebe debería haberse defendido. Pero sólo dijo:

–Normalmente, no. Pero estoy haciendo una excepción porque tú eres tan adorable... seguramente me saltaría las reglas con tal de meterte mano. ¿Qué puedo decir? Me pones, guapito.

Fox se quedó sin habla. Ya él nadie, pero nadie, lo dejaba sin habla.

–No te creo.

–¿Por qué?

–Porque tú no eres promiscua.

Ni idea de por qué se le había escapado un comentario tan personal. Además, no la conocía de nada. A pesar de esa boca lujuriosa y esas botas de tacón, no le parecía una chica fácil. Bajo aquella apariencia de seguridad, había algo muy vulnerable en ella.

Una vez dicho, sin embargo, no podía retirarlo.

–¿Y como sabes que no soy promiscua?

–Muy bien, muy bien, no lo sé. No te conozco de nada. Pero me apuesto veinte dólares a que llevas un año sin acostarte con un hombre.

Entonces vio un brillo de sorpresa en sus ojos. No se había equivocado.

–No me conoces, es verdad. Podría estar casada y tener relaciones cuatro veces al día con mi marido.

41

–¿Estás casada?

Ella levantó los ojos al cielo.

–No, no estoy casada y… ¿cómo demonios hemos acabado hablando de esto? Estábamos hablando de si quieres otro masaje o no. Está a punto de aparecer el dolor de cabeza, ¿verdad?

No sólo estaba a punto de aparecer. El principio era como un terremoto calentando su cráneo. Pero, por un momento, casi lo había olvidado. Había olvidado su cabeza, sus heridas, su depresión, que estaba delante de aquella chica casi desnudo, que su hermano estaba detrás de ella. Que la vida que él conocía parecía haberse esfumado porque ya no la reconocía.

Ella lo distraía. Había algo en ella que lo tocaba, que lo ponía nervioso, que lo afectaba sobremanera.

–Sí, tienes razón, el dolor está a punto de llegar y no necesito ayuda de nadie –le dijo, antes de volverse hacia su hermano–. Ben, déjala en paz.

No sabía por qué había dicho eso, pero tenía la impresión de que sus hermanos estaban presionándola.

Creía recordar que, la primera noche, ella le había dicho «no tienes que preocuparte por mí, no voy a molestarte» o algo parecido. Como si no se diera importancia, como si no estuviera haciendo algo que no había conseguido hacer nadie más que ella. Y eso lo había molestado. Ridículo, por supuesto.

Tenía la absurda impresión de que necesitaba

que alguien la protegiera, que incluso podría considerarlo a él un protector. Eso sí que era completamente ridículo.

Sin decir una palabra más, Fox entró en su dormitorio y cerró la puerta. No había cerradura, pero no hacía falta.

Nadie llamó a la puerta, nadie intentó entrar sin su permiso. Su grosería había dado resultado. Fox sabía que sus hermanos lo hacían con buena intención, que intentaban ayudarlo. Y él no quería pagar su enfado con ella, pero había algo en Phoebe que lo turbaba. Era algo raro, incómodo...

Pero sólo tenía que alejarse de ella. Era pan comido.

Phoebe apenas levantó la mirada cuando oyó un golpecito en la puerta. El sábado por la mañana la mitad del vecindario iba a su casa... una tradición que había empezado gracias a un truco que le había enseñado su madre: dejar en el porche un pastel de café con canela para que se enfriara.

Eso era todo. Ni el vecino más antipático era capaz de resistir el aroma. Pero, normalmente, los vecinos esperaban hasta las ocho de la mañana para llamar a la puerta.

Phoebe estaba con la cara lavada, descalza, los pantalones cortos y la camiseta arrugados cuando Gary asomó la cabeza.

–Hola, Phoebe.

–Hola. ¿Mary sigue durmiendo?

–Sí. Cuando está embarazada duerme mucho –contestó él, tomando un trozo de pastel. Su otro vecino, Fred, ya estaba sentado a la mesa. Tradicionalmente, aparecía apoyado en su muleta en cuanto ella encendía el horno.

–Te vas a quemar los dedos –le advirtió Phoebe.

–Como siempre.

Después de servirles un café volvió a la cocina para cortar un pomelo. Su especialidad era el pastel de café con canela y no quería presumir, pero era mejor que el de su madre. Y el de su madre era el mejor del mundo. Desgraciada e irónicamente, ella era una adicta al pomelo, algo por lo que los vecinos solían tomarle el pelo.

–Hola, guapa –la saludó Barb, otra vecina, mientras se peleaba con Gary por la espátula para cortar el pastel–. Dámela. ¡Pero si casi os lo habéis comido todo!

Phoebe se concentró en su pomelo. Los vecinos, gracias Dios, podían hacer que se olvidara de todo. Era la primera vez en varios días que no pensaba en Fox.

Barb, como siempre, llevaba un top escotado, unos pantalones bien ajustados y un arsenal de maquillaje. Había estado casada con un cirujano plástico. Y se notaba.

–Bueno, ¿qué hay de nuevo por aquí? –preguntó.

–Nada –contestó Phoebe.

–Seguro que sí. Siempre estás haciendo algo nuevo... ¡Has limpiado!

–De eso nada –contestó ella, ofendida.

–Has limpiado. No hay polvo.

Sólo había limpiado porque estaba preocupada por ese maldito hombre. Eso no era limpiar compulsivamente, ¿no? Compulsivo era pasear arriba y abajo a las dos de la mañana, preguntándose si aquel idiota estaría solo y muerto de dolor. Pero antes de que pudiera inventar una razón para la falta de respetable polvo, Barb lanzó un grito:

–¿Qué es esto? ¿Qué estás haciendo aquí?

–¿Qué? –exclamaron Fred y Gary a la vez, levantándose.

Phoebe suspiró mientras los seguía por el pasillo. La confundía que una persona tan introvertida como ella pudiera pasarlo bien con unos vecinos tan ruidosos. Parecían fascinados por todo lo que hacía en su casa, en parte porque pensaban que era una persona artística y poco convencional.

Mentira. La verdad era que había comprado la casa porque no había encontrado una de alquiler que le gustase o que no necesitara reformas. Aquélla estaba en un sitio estupendo, a tres manzanas de la calle Mayor. Tenía dos pisos, con balcones y sin termitas. Esa era la parte positiva.

Luego estaba lo malo: el camino que llevaba a la casa parecía una jungla, había tenido que poner cristales nuevos en el piso de arriba y el jardín podría ser un santuario de vida salvaje.

Cuando le contó a sus vecinos la idea del santuario, enseguida le prestaron un cortacésped. Claramente, no les gustaban las malas hierbas.

Desde el principio se dio cuenta de que tendría que invertir mucho dinero para hacer la casa habitable, pero ella no tenía mucho dinero. Ni siquiera tenía muebles. De modo que compró pintura. Kilos de pintura.

Los armarios de la cocina eran de color verde menta, la pared azul. El comedor, que ella había convertido en oficina, era de color malva y el pasillo daba a un salón pintado de amarillo. En total, el piso de abajo tenía prácticamente todos los colores del arco iris.

Y en algunas habitaciones hasta tenía muebles.

En la parte de atrás de la casa estaba la sala de masajes, con un vestidor y un cuarto de baño. La camilla de masaje era blanca, de vinilo.

Todo estaba muy ordenado, excepto una de las esquinas, en la que había sacos de cemento, ladrillos... y una apisonadora más grande que ella.

–¿Se puede saber qué estás haciendo, chica? –preguntó Gary.

Phoebe tenía en la mano el plato de pomelo.

–Voy a construir una cascada.

–Una cascada –repitió Barb–. Pero cariño, si apenas tienes sitio para orinar. ¿Vas a construir una cascada dentro de la casa?

–No es tan difícil. Lo he visto en una revista...

Phoebe la vio en su mente. Quería la cascada

al fondo de la habitación, una cascada con la altura de una ducha que formara un estanque rodeado de plantas tropicales...

–No es muy diferente de un jacuzzi y sería más natural, más relajante. Los padres podrían sentarse al borde con los niños...

Gary y Fred se miraron, miraron luego los sacos de cemento y soltaron una carcajada.

–No puede ser tan difícil encontrar a un albañil que me haga una cascada. Cosas más raras se hacen. Bueno, sé que no será fácil, pero...

–¿Fácil? ¡Vas a necesitar cincuenta albañiles!

–Bueno, pues me da igual. Yo creo que es una idea muy práctica... ¿no os parece bonito?

–Yo creo que tú eres lo más bonito de este barrio –sonrió Fred–. Y si quieres construir una cascada, eso es lo que deberías hacer.

Pero entonces miró a Gary y los dos volvieron a soltar una carcajada.

En ese preciso momento vio a un hombre en la puerta... no a cualquier hombre, sino a Fox. Fox Lockwood.

Las perritas lo vieron enseguida y salieron corriendo a saludarlo.

Pero a Phoebe se le cayó el plato al suelo, rompiéndose en pedazos. Por un momento, no podía moverse. Su corazón latía como si le fuera a dar un ataque, como cada vez que veía a Fergus. Pero aquella vez era peor.

Era culpa suya que se le hubiera ocurrido la tonta idea de la cascada. Y culpa suya que hubiera limpiado la casa de arriba abajo. Sus hermanos eran adorables, de modo que si ellos hubieran causado esa aceleración cardíaca, podría entenderlo.

Pero ¿por qué sólo se le aceleraba con los hombres equivocados? ¿Dónde estaba la justicia en el mundo?

–¿Phoebe? No quería molestar, pero el timbre no funciona y cuando oí voces...

–No pasa nada –lo interrumpió ella–. Éstos son mis vecinos: Barb, Gary, Fred... Os presento a Fox Lockwood.

–Nosotros ya nos íbamos –dijo Barb mientras estrechaba su mano con fuerza. Fox se puso rígido, seguramente por el dolor.

–Podéis llevaros el pastel de café. Luego nos vemos –dijo Phoebe.

Tardó un minuto en despedirlos, recoger las piezas del plato roto y los trozos de pomelo que habían rodado por el suelo, sufrir un ataque al corazón porque iba sin pintar, sin peinar y con una camiseta arrugada, hacer que Mop y Duster dejaran de portarse como cachorros en crack y luego volver con él.

Fox seguía en el mismo sitio.

–De verdad lamento haberte interrumpido.

–No me has interrumpido. Los sábados por la mañana, mis vecinos se pasean por aquí como Pedro por su casa. ¿Que querías?

–Me porté de forma muy grosera el otro día y quería disculparme. Cuando empieza dolerme la cabeza, me porto como un animal... Siento mucho haberte molestado.

–No importa. Además, yo sé lo que es el dolor –dijo Phoebe, mirándolo con curiosidad–. Pero podrías haber llamado por teléfono para pedir disculpas.

–Sí, bueno –murmuró él, tirándose de una oreja–. He probado de todo, pero no puedo librarme de los dolores de cabeza. Tú lo hiciste. Y si pudieras considerar tenerme a mí y a mi bocaza como cliente, te lo agradecería mucho.

Evidentemente, odiaba tener que pedírselo. Y Phoebe lo entendía, porque tampoco a ella le gustar tener que suplicar.

–Supongo que ahora mismo te duele, ¿no?

–Está a punto de llegar –suspiró él–. Pero no he venido por eso. Quería pedirte disculpas y pensé que, siendo sábado, no tendrías clientes.

–Muy bien.

–¿Quieres decir que me aceptas como cliente?

–Sí. Si llegamos a un acuerdo –dijo Phoebe, sentándose en la encimera–. Si quieres que te dé masajes, mi idea es sentarnos para desarrollar un programa. No sólo debo tratar los dolores de cabeza cuando te parten por la mitad porque entonces llegaríamos demasiado tarde. Tienes que aprender ciertas técnicas para hacer que desaparezcan.

–¿Qué técnicas? ¿Qué clase de programa?

–Quítate la ropa.

–¿Perdona?

–Estás en mi territorio, Fox. Metete detrás de esa cortina y quítate la ropa... me da igual que te dejes los calzoncillos, pero quítate el resto de la ropa. Necesito dos minutos para colocar la sábana. Cuando salgas, túmbate en la camilla y tápate.

—Pero...

—Hazlo —le ordenó.

No iba a pensarlo. No iba a pensar ni cómo ni por qué aceleraba su corazón. O en aquella estúpida sensación eufórica que sentía estando a su lado.

Le había costado ir allí, particularmente siendo un hombre que odiaba salir de su casa. Y aunque cuando llegó no parecía sentir dolor, su expresión empezaba a cambiar por segundos.

Phoebe envió fuera a las perritas, desconectó el teléfono, colocó una sábana sobre la camilla... pero era muy pequeña, para niños. Buscó una grande y la metió en la secadora para calentarla un poco.

Unos minutos antes estaba preocupada por su propio aspecto, pero ya le daba igual. Impaciente, se hizo una coleta mientras pensaba qué aceites iba a usar. Decidió que lo mejor sería un bálsamo de limón, mejorana y caléndula. Puso un CD y luego, estratégicamente, colocó varias toallitas pequeñas para la zona del cuello, las rodillas y los riñones.

Entonces oyó toses detrás de la cortina y pensó que el pobre se había desnudado y no sabía qué hacer.

—Túmbate en la camilla. Voy a bajar las persianas para que no haya tanta luz. Puedes cubrirte con la sabana si tienes frío.

Había usado su tono más autoritario y contuvo el aliento un momento, pero Fox no dijo nada. Una vez en la camilla, Phoebe le puso una compresa en la frente. En el CD, música clásica. Incluso a los bebés más fieros parecía calmarlos esa música.

Una vez detrás de la camilla, se concentró en masajear sus sientes como un cirujano. Estaba trabajando. Daba igual quién fuera el paciente. No tenía nada que ver con el sexo, ni con analizar por qué un hombre tan antipático y tan obstinado hacía que su pulso se acelerase.

Era sólo un hombre que estaba sufriendo y ella tenía que encontrar la forma de que dejara de sufrir.

Trabajó durante quince minutos, pero el dolor de cabeza era tan testarudo como él. Fox no parecía capaz de relajarse. Phoebe se inclinó hacia delante, cerrando los ojos, sintiendo los latidos de su corazón, el calor de su piel, su dolor... Y seguía dando el masaje, en las sientes, los ojos, el cráneo, el cuello, bajo la barbilla, la cara, en su cuero cabelludo.

Pasaron dos minutos. Luego cinco. Pasaron varios minutos más hasta que él empezó a relajarse... y entonces era suyo. Su corazón se aceleró. Nunca le pasaba eso con los niños o con los pacientes mayores. El sentido del tacto era sensual y curativo y ella necesitaba ayudar a los demás. Pero no era sexual.

Y con él sí lo era.

Cuando lo tocaba, no sólo estaba evaluando

cómo evitar el dolor, estaba sintiendo lo que él quería. Lo que le gustaba. Lo que lo emocionaba o excitaba.

Aunque el dolor empezaba a desaparecer, él no abrió los ojos. Phoebe se quedó parada, mirándolo. Fox no parecía querer dormir, seguramente creyendo que si se dejaba ir del todo, volvería el dolor.

—Sólo quiero que sepas... no pienso casarme con nadie. Pero si lo hiciera, sería contigo.

—Sí, sí, eso es lo que dicen todos —replicó Phoebe, pero su voz era un susurro.

Él volvió a quedarse en silencio.

—Casi se me olvida. Me habías advertido sobre los hombres de tu vida.

No le había advertido. Sólo había dicho lo que él estaba pensando porque era masajista, pero lo dejó pasar. Hasta que, por fin, se quedó dormido.

Phoebe vio cómo bajaba y subía su pecho, vio que no tenía el ceño arrugado, que sus hombros estaban relajados por completo.

Aquello debía de ser lo más absurdo que le había pasado en la vida. El tipo no la había tocado en absoluto. Era ella la que estaba tocando. Sin embargo, la atraía más que ningún otro hombre que hubiera conocido.

Daba miedo pensar que estaba perdiendo la cabeza tan joven.

Y más miedo darse cuenta de que aquel sentimiento que experimentaba por Fox era un error.

Fox Lockwood era un hombre con mucho dinero y eso haría que mirase su profesión y a ella por encima del hombro; un hombre que no había mostrado interés en ella. Un hombre tan inapropiado como Alan.

Un hombre que podría hacerle daño, temió, incluso más daño que Alan.

Capítulo Cuatro

Fox despertó, sobresaltado. Como siempre, estaba soñando.

En el sueño, un sol abrasador le quemaba la espalda. Durante meses se preguntó si ese sol habría vuelto loco a alguien. Pero él quería estar allí. Quería hacer aquello.

Los últimos días había estado apartando escombros, intentando reconstruir una escuela. Ésa fue la razón para que alistarse en el ejército. En casa, no podía enseñarle historia a los niños todos los días y hablar de lo que significaba ser un héroe sin pensar que ya era hora de que él hiciera algo.

La otra razón eran los niños. Tener la oportunidad de reconstruir hospitales y colegios le hacía pensar que esos niños tendrían la oportunidad de vivir en un mundo mejor.

Y por eso precisamente no dudó en inclinarse cuando aquel niño se acercó. Fox le ofreció una chocolatina, un yo-yo. Conocía el idioma, y por eso había terminado allí. Y el niño de los grandes ojos castaños parecía hambriento y desesperado.

Que el niño llevara una bomba adosada al cuerpo no se le pasó por la cabeza. Nunca. Ni por un segundo. Ni siquiera cuando estalló... y él salió volando, tijeras y trozos de metal clavados por todo su cuerpo. Y el niño, ese niño...

Y fue entonces cuando Fox despertó. Cuando siempre despertaba. Para entonces, estaba tan desorientado como un cura en un burdel.

Pero allí había algo raro.

No estaba en el sofá de piel donde dormía siempre. Parecía estar sobre algo mullido, envuelto en una sabana. Todo era blanco a su alrededor, excepto una planta que había en la ventana. También había una bañera en medio de la habitación y, en una esquina, bolsas de cemento y ladrillos. Además, olía a limón, a hierbas y a otro olor, algo que no podía identificar del todo, algo vago y fresco, floral...

Ella.

En cuanto volvió la cabeza vio a Phoebe. Como siempre, cada vez que despertaba de aquel sueño, el dolor de cabeza había desaparecido por completo y sus sentidos estaban muy despiertos.

También se dio cuenta entonces de que estaba desnudo bajo la sábana... y duro como una piedra. Sólo con mirarla le pasaba eso.

Ella estaba sentada en una mecedora blanca. Todas las persianas de la habitación estaban bajadas, pero entraba el sol por una rendija, sólo para iluminarla, sólo a ella. Sus piernas desnudas estaban sobre el brazo de la mecedora y eso fue suficiente para inspirar otro golpe de testosterona. Tenía los pies sucios y llevaba un pantalón corto.

En una mano tenía una taza, un libro en la otra. Vagamente recordaba que cuando llegó llevaba una coleta, pero se había soltado el pelo.

Nunca había conocido a una mujer más sensual. Su aspecto, su tacto, todo. Se sentía a la vez a la defensiva y suspicaz sobre ese toque mágico suyo. No lo entendía... cómo podía hacer sentir tanto a un hombre que ya no sentía.

Pero nada de eso podía empequeñecer su fascinación por ella.

Fox aceptó que la cosa podría ser más sencilla. Probablemente, cualquier hombre vivo respondería a sus masajes.

Ella se sobresaltó de repente y, cuando vio que estaba despierto, dejó la taza sobre la mesa.

—¿Qué hora es? —preguntó Fox.

—Casi las tres.

No podía ser.

—¿Estás diciendo que llevo aquí todo el día?

—Dormías tan profundamente que no he querido despertarte. Y no hacía falta, además. Hoy es sábado y no tengo pacientes.

—Te pagaré por el tiempo que he estado aquí.

—Sí, desde luego —asintió ella—. Pero si no te importa, me gustaría hacerte un par de preguntas.

—¿Qué preguntas?

—Un masaje no debería evitar los dolores de cabeza que tú tienes. Migrañas como ésas... es para los médicos. Es algo psicológico.

—Sí, eso me han dicho.

—No tiene sentido. Que yo pueda ayudarte

con los masajes... ¿tienes idea de por qué tienes esos dolores de cabeza?

Fox cerró los ojos un momento y volvió a abrirlos.

—Los médicos dijeron, después de descartar un montón de razones patológicas, que los dolores de cabeza tenían que ser debidos al estrés.

—El estrés es lo mío.

—Por eso estoy aquí.

—Y te dije antes que tendríamos que organizar un programa. Lo redactaré y te lo enviaré a casa para que lo estudies con tu familia. Lo que estamos haciendo ahora es cerrar la puerta del establo cuando el caballo ya se ha escapado. Intentar controlar el dolor cuando ya te tiene prisionero es como intentar razonar con el enemigo cuando ya ha ganado la batalla. Lo que necesitas es controlar el dolor antes de que aparezca.

—Muy bien, de acuerdo.

—Eso es todo lo que yo puedo hacer, Fox. Enseñarte unas técnicas para que controles el dolor antes de que aparezca. También puedo enseñarte unos ejercicios para tener munición contra el dolor y para ayudarte a dormir mejor.

—Eso es una broma. Yo no duermo —suspiró él.

Y tampoco solía hablar tanto. Pero cuanto más lo miraba ella con esos ojos azules, más excitado se ponía. Y más tonto.

Para volver a la realidad, intentó incorporarse, pero Phoebe no se movió para ayudarlo. Tardó un siglo y eso lo enojó. Estaba harto de masajes y de todo.

–Fox, ¿podrías contarme algo más? Tu vida es asunto tuyo, lo sé, pero me ayudaría saber qué haces normalmente, qué quieres hacer. Tus hermanos me han contado algo de tu vida, pero poco.

–¿Que te han contado?

–Que estuviste en el ejército, que sufriste un accidente y te dieron la baja. Que sólo vives en la casa de soltero temporalmente, hasta que estés recuperado.

–Por el momento, así es.

–Muy bien, ¿y el resto de la historia? ¿Piensas seguir viviendo en Gold River? ¿Piensas volver a trabajar y si es así, qué clase de trabajo? ¿Qué actividades físicas sueles hacer a diario?

Él se pasó una mano por el pelo. Había un olor raro en su pelo, en su cara, por todas partes. Ese olor a limón. No era exactamente femenino, pero no pegaba nada con unas piernas peludas y un torso lleno de cicatrices.

–Antes de alistarme en el ejército era profesor de historia –suspiró–. Sí, todo el mundo se sorprende. Mis hermanos eligieron dedicarse a los negocios, pero yo elegí otra cosa. El caso es que daba clases en un instituto, con chicos en plena pubertad, a cual más bocazas, más peleón. Dar clases era como jugar con dinamita. Probablemente, por eso me gustaba...

–¿Y piensas volver a dar clases?

–No –contestó él–. ¿Tú también respondes preguntas o sólo las haces?

Phoebe parpadeó.

–¿Qué quieres saber?

–¿Por qué vives en Gold River?

–Trabajo en el hospital. Me encantaba mi trabajo de fisioterapeuta, pero quería concentrarme en los niños. Y quería ser independiente, tener mi propio negocio. Así que empecé a dar masajes infantiles. Y me gusta vivir aquí. Me gusta la gente, la ciudad, todo.

–¿Y eres de...?

–Asheville.

–¿Y el hombre?

–¿Qué hombre?

–Te fuiste de Asheville por un hombre –dijo él entonces. Era una afirmación, no una pregunta.

–Muy bien –sonrió Phoebe–. Veo que te encuentras mejor. Por yo tengo que ir a la compra, sacar a pasear a mis perros... y luego ir al cine, con mis amigas. Así que te dejo solo para que te vistas. Enviaré el programa de trabajo a tu casa. Estúdialo y luego llámame cuando decidas si te apetece hacerlo...

Fox no sabía si iba a hacerlo. Pero cuando bajó de la camilla, se colocó la sábana estilo toga en la cintura, fue tras ella sin saber por qué y le pasó un brazo por la cintura.

Phoebe se volvió, sobresaltada.

Fox se sintió irritado por un momento. No era un sentimiento racional, sólo la sensación de que algo... no estaba bien. Primero se mostraba cariñosa y luego, de repente, parecía a la defensiva.

Y había algo... algo que no podría explicar. Algo que estaba pasando entre ellos... como cenizas que pudieran volverse carbones encendidos cuando se removían.

Y tenía la impresión de que Phoebe también sentía algo por él. Algo sexual. O quizá algo más importante. Y eso no podía ser porque por ahora, y en el futuro inmediato, no estaba en condiciones de cuidar de nadie.

De modo que al hacer eso quizá había querido asustarla. O molestarla.

A saber. Su cerebro llevaba meses sin funcionar apropiadamente.

Pero cuando la tomó por la cintura, cuando se volvió hacia él, cuando vio el brillo de sus ojos... supo que iba a besarla.

Sabía que el beso estaba llegando.

Y entonces...

Entonces lo hizo.

Besó aquella boca suave, generosa, sexy.

¿Quién habría adivinado que sería una explosión? Quizá hacía tiempo que no la besaba nadie. A lo mejor estaba ovulando. A lo mejor le gustaba de verdad... bueno, esta ultima teoría no parecía muy creíble. Los hombres Lockwood solían ser imanes para las mujeres, Fox incluido, pero él había perdido esa habilidad al tener el cuerpo lleno de cicatrices.

Pero maldición...

Ella lo encendía, aunque no pudiera explicar por qué.

Phoebe enredó los brazos en su cuello. Su boca se plegó a la suya, moviéndose, comunicándole su anhelo. Comunicándole deseo. De repente, sus pechos se aplastaban contra su torso...

La sábana en la que iba envuelto dejó de luchar contra la gravedad y cayó al suelo. Sabía que no podría estar de pie mucho tiempo, no sólo por la pierna herida sino porque toda la sangre de su cuerpo estaba por debajo de la cintura.

Tomó su cara entre las manos, sujetándola mientras intentaba entender cómo un beso se había convertido en el Armagedón. Le dio otro beso para descubrirlo, ya que el primero había despertado tantas preguntas y contestado ninguna. Después de un tercero, perdió la cabeza.

Desde que sufrió el accidente, no había habido mujeres en su vida. Fox pensaba que el amor y el sexo habían desaparecido de su vida indefinidamente. ¿Cómo iba a saber que esa privación lo estaba volviendo loco? ¿O que lo preocupaba saber si su cuerpo podría seguir funcionando con normalidad?

Así era.

«Charlie», suelto, se movía como el rabo de un cachorro, empujando contra el abdomen de Phoebe con desinhibido entusiasmo. Ella era bajita. Muy bajita. Si tuviera fuerza, podría haberla tomado en brazos y... pero si lo hacía caerían los dos al suelo.

Tocarla, acariciarla, besarla, lo hacía sentirse como un hombre al que le ofrecieran un vaso de agua clara y fresca después de semanas en el desierto. Ella era como el agua, líquida, a su alrededor, sus besos ahogando el dolor, cualquier dolor.

No había tiempo para meter el pie en el agua y probar la temperatura. Así que se tiró de cabeza, boca, codos, cerebro, corazón... y Charlie, por supuesto.

Ella no dejaba de besarlo. Y emitía una especie de gemidos suaves, tristes, emocionados. Sus pechos se ponían duros, se aplastaban contra él. Se agarraba a él como si no quisiera soltarse nunca.

Muy bien. Fox por fin lo entendía.

No era real. No era normal. Era una bruja. Las mujeres de verdad no respondían así ante un hombre al que no conocían de nada. Phoebe se portaba como si quisiera que le hiciera de todo, como si hubiera perdido toda inhibición en cuanto la tocó, como si él fuera el hombre más sexy del mundo. Como si no hubiera vivido hasta que él la besó.

Fox recordó entonces una fantasía de cuando tenía dieciséis años. Así era como soñaba que sería con una chica... pero entonces se hizo mayor, claro. Con las mujeres de verdad había que hacer un esfuerzo. Las mujeres tenían que conocer a un hombre antes de confiar en él y la confianza era necesaria para que el sexo fuera interesante. En fin, el sexo siempre era interesante, pero para que fuera bueno de verdad, merecía la pena esperar.

Con Phoebe era... era como si alguien la hubiera creado sólo para él. Sabía cómo tocarlo, cómo suspirar para volverlo loco.

Era tan raro. Llevaba meses débil como un gatito y ahora, de repente, se sentía tan poderoso como para mover montañas.

Y la culpa era de aquella maldita pelirroja que lo había hecho pensar en el amor otra vez. En despertar al lado de alguien cada mañana. En enredar los dedos en aquel pelo largo y rojo cada noche.

–Oye...

Parecía su voz, más ronca que nunca, interrumpiéndolos. No la de ella.

Fox levantó la cabeza, ella no. Era él quien quería poner un poco de sensatez en todo aquel asunto.

¿Dónde estaba el sentido común de aquella chica? Era sábado por la tarde, por Dios. Las perritas los miraban como intentando comprender el extraño comportamiento de los seres humanos. El sol entraba por las ventanas y le dolía la pierna como el demonio. El dolor no era algo nuevo para él, pero hacía tiempo que no experimentaba el dolor de la frustración sexual.

–¿Qué está pasando aquí?

–¿Eh? ¿No has sido tú el que se me ha echado encima?

–Pero tú no me has parado.

–¿Y eso te hace menos culpable?

–No, pero me confunde... ¿por qué me has besado?

–Fox... sé que lo has pasado muy mal y que sigues sufriendo...

–Ah, ¿entonces me has besado porque sientes compasión por mí?

Ella lo abrazó.

–Lo sé... ningún hombre quiere la compasión de una mujer.

–Desde luego que no.

–Pero «compasión» no es la palabra. Fergus... es otra cosa.

–¿Qué, pena?

–No, es algo más –rió Phoebe–. Voy a contarte un problema que tengo.

–Dime.

–Los hombres suelen pensar que me gusta el sexo porque soy masajista. Para mí, eso es absurdo. Evidentemente, me importa la gente o no me dedicaría a esto, pero cuando toco a alguien como masajista... como contigo, por ejemplo, siento compasión por su dolor y nada más. No hay nada sexual en ello.

Fox intentaba no pensar en «Charlie». Notaba que ella intentaba decirle algo importante y tenía que estar concentrado.

–No sé lo que quieres decir. ¿Estás diciendo que no sientes nada por mí?

–No es nada personal –le aseguró Phoebe–. Sólo estoy intentando ser sincera. No soy una persona muy sexual, Fox. Soy más bien maternal, creo.

–Maternal.

–Y por eso trabajo con niños.

–Porque eres maternal y no sexual.

–Eso es.

El miércoles por la tarde, Fox no podía dejar de recordar esa conversación. Tomó un vaso de agua, pero se le olvidó beberla, olvidó que estaba hablando con sus hermanos, olvidó la lasaña que su madre estaba sacando del horno...

¿Qué demonios había intentado decirle Phoebe? ¿Que no le gustaba el sexo? ¿Que no era una persona sexual? ¿Que sólo lo estaba besando por compasión? ¿Y qué debía hacer él, asentir con la cabeza y decir «sí, claro, y las vacas vuelan»?

En realidad, excepto los besos, ella apenas lo había tocado... pero él había sentido como si así fuera. Aunque estaba completamente desnudo y sólo lo había tocado por encima del cuello... sin embargo, parecía tocar sus hormonas, sus emociones.

Ya se había dado cuenta de que Phoebe Schneider era una mujer aterradora. Complicada. Difícil.

¿Pero que no fuera sexual?

¿Cómo podía creer Phoebe eso?

¿Y por qué querría hacerlo?

—Fergus, ¿quieres prestarme atención? —estaba diciendo su madre.

—Ah, perdona, me he distraído.

—Ya lo veo. Estaba diciendo que una persona con medios económicos no se dedica a la enseñanza. Y como no pareces inclinado a volver al colegio, ésta es una oportunidad ideal para considerar otras opciones profesionales.

—Muy bien —dijo Fox, paciente—. ¿Y qué crees que me iría bien?

Los ojos de su madre se iluminaron.

—Algo en lo que ganes mucho dinero. Y participar más en la comunidad.

–Mamá, la verdad es que ya he ganado una tonelada de dinero. Llevo años invirtiendo –dijo Fox entonces. Sus hermanos habían dejado de mirar y estaban concentrados en la lasaña. «Muy bien, guapos, la próxima vez que vosotros necesitéis ayuda, yo me iré a Tahití»–. Y en cuanto a participar en la comunidad, yo trabajo directamente con niños. O eso hacía antes. No se puede participar más en una comunidad que siendo profesor.

–Podrías ser senador –sugirió su madre.

–¿Eso es lo que quieres para mí, que me dedique a la política? No, de eso nada.

–Bueno, entonces... si no tienes otros planes, ¿estás pensando en volver a dar clases? Que yo sepa, no tienes contrato.

Qué lista era. Otras madres eran dulces, encantadoras. La suya era más lista que el hambre. Quería que volviera a trabajar, que volviera a formar parte del mundo de los vivos. Pero ni siquiera por su madre, y la adoraba, volvería a dar clases.

Cuando no contestó, Georgia Lockwood siguió adelante:

–Además, no me has contado nada sobre esta mujer de la que Harry y Ben no dejan de hablar. No entiendo por qué tiene que venir aquí y no entiendo por qué estás con ella.

–No tiene por qué venir aquí, mamá. Sólo viene para explicar el programa. Y no estoy con ella. No pienso estar con nadie.

Su madre lo miró por encima de las gafas doradas.

–Fergus, no soy tonta.

Ninguno de los hermanos se atrevió a respirar.

–Lo sé, mamá. Sé que no eres tonta.

–Una masajista –Georgia levantó los ojos al cielo–. Por favor... Sé que no estás casado y que tienes... tus necesidades. La gente no espera a casarse como hacían antes. Puede que no esté de acuerdo en cómo han cambiado las cosas, pero al menos puedo entenderlo. Yo sería feliz si me dijeras que tienes novia.

–Mamá...

–No la juzgaría, te lo aseguro. No tienes que preocuparte por eso.

–Mamá...

–Me gustaría tener nietos, lo admito. Ninguno de los tres parece tener ganas de casarse y formar una familia y yo creo que la culpa es de vuestro padre por educaros para que fuerais tan independientes –suspiró Georgia–. Pero eso da igual. El asunto es que yo prefiero tener nietos cuando estéis casados, que lleven el apellido familiar...

–¡Mamá!

–Pero si no hay otra forma de conseguirlos, podéis traerlos a casa como sea. Yo no diré nada, ni una palabra.

Fox fulminó a sus hermanos con la mirada. Ellos lo habían chantajeado, le habían suplicado, habían llevado allí a Phoebe... ¿y ahora qué hacían? Comerse la lasaña de su madre como si fueran buitres, sin echar una mano.

–Mamá, no digas esas cosas. No estoy saliendo con Phoebe. No pienso salir con nadie...

Precisamente en aquel momento, sonó un golpecito en la puerta y Phoebe asomó la cabeza. Phoebe... que parecía embarazada de nueve meses.

Fox se quedó petrificado, pero unos segundos después se percató de que, por supuesto, no le había crecido el abdomen, sino que llevaba *algo* en el abdomen: un niño. Un niño de verdad. Colocado en una especie de hatillo.

Iba a levantarse para saludarla, pero no pudo hacerlo. Su madre vio el niño y se lanzó hacia Phoebe como un tifón.

–Bueno, evidentemente tú eres Phoebe. No me habías dicho que le gustaran los niños, Fergus. Qué bien. Pasa, querida, voy a darte un plato. Soy la señora Lockwood, pero puedes llamarme Georgia. Si no te gusta la lasaña, ¿podría convencerte para que tomaras un té? Estaba diciéndole a Fergus lo maravilloso que sería que involucraras a toda la familia en ese... programa tuyo.

Fox miró el rostro de Phoebe y se le encogió el corazón. Su sonrisa parecía forzada. Debía de haber oído lo que dijo antes: que no salía con ella ni quería salir con nadie. Incluso podría haber oído el comentario de su madre sobre las masajistas. No podía saber que él sólo quería evitar que su madre le hiciera el tercer grado... y ahora ella lo ignoraba por completo. Phoebe saludó a su madre y cruzó la habitación para besar a sus hermanos.

A sus hermanos.

A los dos.

Pero a él no. Lo ignoraba como si fuera invisible.

–Nadie me había dicho que ibas a traer un niño, querida –siguió su madre como si Phoebe fuera una pariente perdida. Y luego hablaba de las masajistas...

Aparecía un niño en la película y Georgia trataba a cualquiera como si fuera una diosa.

–En realidad, la niña no es mía. Pero trabajo con niños y tengo que cuidar de ella esta noche. Pensé que no le importaría que la trajera. Sólo necesito unos minutos para...

–Lo dirás de broma. Estamos encantados –sonrió Georgia Lockwood–. Así que trabajas con niños, ¿eh? Nadie me había dicho eso tampoco –añadió, fulminado a sus hijos con la mirada–. Bueno, siéntate.

Phoebe lo miró entonces, pero Fox no sabía qué significaba esa mirada...

De repente, sintió como si le clavaran un cuchillo en el costado. El dolor había empezado por la mañana. Otro trozo de metralla apareciendo en la superficie, esta vez sobre el riñón derecho. Podía verlo bajo la camisa. Metálico. Pequeño. En un par de días, asomaría por la epidermis y entonces podría sacarlo como si fuera una astilla. Pero en aquel momento sencillamente le dolía.

Y eso lo enfurecía.

No tenía tiempo para debilidades en aquel momento. Tenía que parecer normal. Quería parecer normal. Una cosa era que su familia lo molestase, otra muy diferente que molestasen a Phoebe.

–... se llama Christine –estaba diciendo ella en ese momento–. La llevaron al hospital hace unos días. Abandonada en algún sitio en las montañas...

–¡No!

–Entrará en el sistema de adopciones... de hecho, hay una madre de acogida esperándola. Yo trabajo con los servicios sociales para tratar a niños como éstos.

–¿Los cuidas tú?

–No, más bien soy una cuidadora interina hasta que tengan una situación familiar normal. Los niños abandonados o maltratados a menudo tienen problemas con los padres de acogida. Si han sufrido mucho desarrollan un miedo instintivo a que los toquen. Así que hago terapia con ellos. «Terapia de amor», lo llama la asistente social...

–Ay, me encanta ese término –la interrumpió Georgia–. ¿Y qué tienes que hacer?

–Cosas distintas con cada niño porque cada niño es diferente. Pero en el caso de Christine, lo que hacemos es una técnica de conexión. La mantengo pegada a mí durante dieciocho horas al día.

–¿Y para qué vale eso?

–Porque así se la obliga a conectarse con otro ser humano. Una madre de acogida no puede tener a la niña dieciocho horas pegada al cuerpo, claro, pero para entonces ya han aprendido que existe un lazo con otro ser humano...

–Ah, ya veo.

–Señora Lockwood, no se moleste –dijo Phoebe, al ver que la madre de Fox se levantaba para servirle té, galletas y hasta un pedazo de lasaña.

–Estoy fascinada –dijo Georgia–. De hecho, me encantaría saber más cosas...

Fox se aclaró la garganta. Le gustaba que se llevaran bien y que su madre hubiera olvidado que Phoebe era masajista, pero parecía que iban a seguir hablando hasta el milenio siguiente.

–Te duele, ¿no? –preguntó Phoebe.

Maldita mujer. Le daba un par de besos y creía saberlo todo sobre él.

–No, pero...

–Lo sé, lo sé. He venido para hablar del programa –sonrió ella, acariciando la espalda de la niña–. La razón por la que sugerí que estuviera toda la familia es para que dieran su opinión. Tu familia sabe más sobre ti y tu salud que yo. Y tenemos que formar un equipo para encontrar una solución.

Fox arrugó el ceño. Parecía sincera, pero su tono de voz despertaba todo tipo de sospecha.

Algo iba a pasar. Algo que no iba a gustarle, lo intuía. Algo que no quería oír.

Seguro.

Capítulo Cinco

Phoebe se preparó para la explosión. A juzgar por la expresión de Fox, definitivamente no le había gustado la idea de que debía estar motivado... y mucho menos que cualquiera pudiera hacerlo. Y si eso lo había molestado, el resto de sus sugerencias no iban a caerle nada bien.

Phoebe dirigió sus miradas a sus aliados, sus hermanos y Georgia, la adorable madre de Fox. Aunque su ropa parecía cara, iba en vaqueros y camiseta. Y, evidentemente la que mandaba allí era ella.

Phoebe tenía un nudo en el estómago cuando entró porque... en fin, había oído la opinión de la señora Lockwood sobre las masajistas. Georgia no era mala, sólo creía en el estereotipo de las masajistas que Phoebe había oído un millón de veces. Las masajistas estaban bien, pero ninguna madre querría que se casara con su hijo. Uno acudía a ellas para que le quitara un dolor de espalda, pero se ganaban la vida tocando a la gente, de modo que estaban justo en la frontera de la respetabilidad.

Durante dos segundos, le dolió oír lo que decía, pero era una tontería. Además, ésa era una de las razones por las que había querido que toda la familia tomara parte en el plan, para que viera cómo iba a tratarla su madre.

También había llevado a Christine deliberadamente. Podría haber dejado a la niña con su sustituta, pero imaginó que cuando Fox la viera con ella se llevaría un susto. Los niños eran una técnica fabulosa para asustar a un hombre... Por si acaso se le había ocurrido la idea de tener relaciones sexuales salvajes con ella en el salón.

Porque Phoebe había abandonado la idea de tener relaciones sexuales salvajes con nadie.

Los besos del otro día seguían persiguiéndola... Pero tenía que olvidarlo. Ya era hora de dejar de pensar en él y concentrarse en su trabajo. No quería saber nada de hombres que pudieran hacerle daño. Su atracción por Fox, otro hombre que no la valoraría ni querría tener una relación larga con ella, tenía que desaparecer. Pronto.

Y esa noche era una magnífica oportunidad para hacer que perdiera interés... en caso de que lo tuviera.

—Bueno, los dolores de cabeza que Fox sufre regularmente...

—Estoy aquí —dijo él.

—Ya. No son exactamente migrañas —dijo Phoebe—. Si lo fueran, un masaje no las haría desaparecer. De modo que la causa debe de ser el estrés, que es lo que sugirió uno de los médicos que lo han tratado.

—Así es —dijo Ben.

–Por mi trabajo con los niños, yo tengo una opinión inusual sobre el estrés.

–¿Ah, sí? –murmuró él.

–Yo creo que Fox sufre el mismo tipo de estrés que esos niños, la misma imposibilidad de relacionarse. Después de recibir el impacto de la bomba quiere protegerse a sí mismo, por eso se ha retirado de todo. Si se queda en casa, con sus dolores de cabeza, se coloca en una posición en la que no está expuesto a más dolor. ¿Entienden?

–Sí, claro –asintió Georgia.

–Pues yo no –dijo Harry–. ¿Quieres decir que se siente más seguro cuando sufre, que él ha elegido tener esos dolores de cabeza?

–No, claro que no. Nadie querría tener esos dolores... Pero cuando un animal está herido, se esconde, ¿no? Se mete en su escondrijo. Se aleja del riesgo hasta que puede soportarlo de nuevo.

–Ah, eso lo entiendo.

–Y tenemos que sacar a Fox de su escondrijo. Tenemos que motivarlo para que salga a la calle, para que vuelva a vivir.

–¿Cómo? –preguntó Harry.

–Hay que supervisar sus salidas para que sean agradables y sin riesgo.

–Muy bien, muy bien, esto ha tenido gracia durante diez minutos –intervino él entonces, exasperado–. Pero ya está bien. Yo no soy uno de tus niños, Phoebe. No necesito experiencias agradables. Y tampoco soy un animal metido en su escondrijo. Si tienes algún programa para mí, habla conmigo, no con ellos.

Phoebe, a propósito, se dirigió a él como lo haría una hermana.

–No puedo hacer eso, cariño, porque entonces te pondrías a discutir y no acabaríamos nunca. Harry, Ben, os necesito a mi lado. A usted también, señora Lockwood...

–Ah, lo que tú me digas. Y llámame Georgia, por favor. Esto es exactamente lo que Fox necesita, salir más, recuperar su vida. Ha estado tan deprimido...

–No estoy deprimido –protestó él.

–Bueno, éste es el programa –dijo Phoebe–. Dos veces por semana yo le daré un masaje y le enseñaré unas técnicas de relajación... para evitar los dolores de cabeza.

–Suena bien –dijo Harry.

–Y vosotros tenéis que ir con él de pesca una vez por semana.

–¿De pesca? –repitió Ben.

–¿De pesca? –exclamó Fox.

–Quiero que salga de la casa, donde sea. Sé que hace frío, pero me gusta la idea de que vaya a pasear, que tome el aire.

–Muy bien –dijo Ben–. Soy tu hombre... en todos los sentidos.

–Gracias –sonrió Phoebe–. Harry, si tú pudieras salir con él una tarde a la semana...

–¿Salir conmigo, como si fuera mi niñera? –protestó Fox.

–Quiero que Fox realice actividades que no le produzcan estrés, pero que sean entretenidas... jugar al póquer, por ejemplo. Pero si no jugáis a las cartas, puede ser cualquier otra cosa. Siempre que salga de casa.

—Estupendo —exclamó Harry, entusiasmado—. Phoebe, creo que eres un genio.

—Lo soy —rió ella.

—¡Pero a mí no me has dado nada que hacer! —protestó la señora Lockwood.

—Phoebe, estás despedida —dijo Fox entonces.

—No puedes despedirme porque nadie me ha contratado —replicó ella—. Además, esto sólo es un plan. Georgia, me gustaría que pasaras algún tiempo con Fox, enseñándole a cocinar, por ejemplo.

—¿A cocinar? Qué idea tan maravillosa. Ahora entiendo que mis chicos estén locos por ti.

Fox levantó una mano.

—Uno de tus chicos no está loco por ella. De hecho, a uno de tus chicos le gustaría salir un momento con Phoebe para tener una discusión privada. Que nadie llame a la policía si oye gritos. La estaré matando, simplemente.

Phoebe se negó a reír, aunque le hacía gracia.

—Deberíamos empezar con el programa inmediatamente. Sé que hoy es tarde, pero me gustaría que Fox viniera a mi casa para darle la primera clase de relajación. A menos que no necesites mi ayuda esta noche, claro.

Lo tenía en sus manos.

Veía el dolor en sus ojos, en la postura rígida de su cuello. No iba a rechazar su ayuda.

—Tengo que llevar a Christine al hospital, pero puedes ir a mi casa dentro de media hora, más o menos. Pensaba quedarme con la niña toda la noche, pero tengo una sustituta, Ruby. Así que no será un problema. Y tenemos que establecer un horario —le dijo a la familia—. Pero me vendría bien verlo los jueves y los lunes por la noche, ¿de acuerdo?

Harry y Ben asintieron y, unos minutos después, la acompañaban a la furgoneta, llevando sus cosas y dándole palmaditas en la espalda. La trataban como si fuera una hermana honorífica y Phoebe no podía evitar quererlos. Eran encantadores. Y su madre también.

Era Fox quien la ponía nerviosa.

Fox el que despertaba sus hormonas.

Pero discutir con su familia una posible solución a los problemas era lo que tenía que hacer. Conocer a su madre, estar con sus hermanos, la había ayudado a controlar sus emociones, a poner el problema de Fergus en perspectiva. El objetivo era curarlo. Si no se salía de ese camino, no podía meterse en líos.

Fox seguía enfadado cuando sus hermanos volvieron a entrar. Los había visto acompañarla, darle palmaditas en la espalda, besos en la mejilla...

—Estoy pensando en pedirle que salga conmigo —dijo Ben.

—¿No salías con esa profesora, Heidi como se llame?

—Sí, es maja. Pero no siento nada por ella. Phoebe, por otro lado...

–Si tú no se lo pides, se lo pido yo –lo interrumpió Harry.

–Un momento –dijo Fox. Ahora entendía el estrés... y no tenía nada que ver con sus heridas. Harry era el ligón de Gold River, iba de flor en flor sin quedarse con ninguna. Ben, por otro lado, estaba buscando esposa–. Ninguno de los dos va a pedirle nada.

–¿Por que? –preguntaron los dos hermanos a la vez.

–Porque no.

Y como le dolía la cabeza, se sintió perfectamente justificado para levantarse y meterse en la ducha, esperando que el agua caliente lo reanimase. No lo consiguió, pero salió de la ducha y se puso unos vaqueros y una camiseta limpia.

No iba a casa de Phoebe porque ella hubiera dicho que tenía que ir, sino porque tenía que verla. Aunque fuera una bruja y se metiera demasiado en su vida, la realidad era que nadie había conseguido quitarle los dolores de cabeza como ella.

El problema era que tenían que hablar del precio de las sesiones para que lo suyo fuera solamente una relación profesional. Y el otro problema era que ella... lo turbaba.

Fox cerró la puerta de su RX 330 de un portazo. Maldita mujer. ¿Cómo podía saber tanto sobre él? ¿Cómo podía afectarlo de esa forma? ¿Qué sabía ella?

Nada.

Era mandona, dominante. Y mona. Eso era un problema.

¿Por qué tenía que conseguir que desaparecieran sus dolores de cabeza? Había cinco millones de pastillas, ¿por qué no funcionaba ninguna?

Tantos médicos, tantos fisioterapeutas y ninguno había conseguido nada. Fox había dejado de creer que nadie pudiera ayudarlo.

Diez minutos después llegó a su casa. A pesar de la falta de iluminación, podía ver que el jardín necesitaba mano de obra. Y había visto el interior. Al principio, la mezcla de colores lo echó para atrás... hasta que la estudió detenidamente.

Lo de los colores era una buena idea. Uno se fijaba en las paredes y no en lo que faltaba en la casa, como muebles o cuadros.

A Fox no le importaba que no tuviera dinero para amueblar su casa, pero demonios, todo el mundo era un poco egoísta, un poco avaricioso, ¿por qué no lo era ella?

En lugar de ganar dinero, se dedicaba a hacer pasteles para los vecinos, donaba su tiempo los fines de semana para clientes como él sin haber llegado a un acuerdo económico...

Esa clase de generosidad era un rasgo desagradable de su carácter. ¿Quién podía vivir con una santa?

Fox llamó a la puerta con fuerza suficiente para despellejarse los nudillos y esperó, bufando.

Y cuando Phoebe abrió la puerta, descalza, con un pijama de color verde claro de una tela que parecía de alfombra, tuvo que tragar saliva. Llevaba el pelo sujeto sobre la cabeza con una especie de pasador grande de madera. Había una luz encendida en alguna parte que iluminaba su piel, dándole un aspecto suave, imposiblemente suave. Más suave que la luz de la luna. Más suave que los pétalos de una flor. Más suave que la plata.

Y luego se fijó en otras cosas, como su boca. Su boca lo excitaba... por no hablar de esos ojos azules.

Fox recordó entonces que estaba furioso.

—Esto no va a funcionar —dijo, a modo de saludo.

—Claro que va a funcionar.

Cuando él se dirigía a la sala de masajes, Phoebe lo detuvo.

—No, espera, vamos al salón.

—¿Por qué?

—Porque no voy a darte un masaje. Vamos a hacernos unos ejercicios de relajación. ¿Dónde te duele, por cierto? Sé que esta vez no es un dolor de cabeza.

No lo había preguntado, lo afirmaba. Otra cosa que lo sacaba de quicio. Aquella maldita mujer sabía cosas de él que ni él mismo sabía.

—Me duele el costado, pero no estoy aquí por eso. Has usado a mi familia contra mí...

—Sí, es verdad.

—Eso es poco ético.

—Pero funciona, ¿eh?

Fox no pensaba caer rendido ante aquella sonrisa.

—No vuelvas a hacerlo. Si tengo un problema,

lo resolveré yo mismo. No me gusta involucrar ni a mi familia ni a nadie.

–No, claro, tú eres un hombre adulto. Pero en este caso, tu familia está muy preocupada por ti, así que tenemos que hacer algo. Puede que eso no te ayude a ti, pero al menos los ayuda a ellos. ¿Qué te parece?

–Si dices otra cosa sensata, me lío a puñetazos con la pared. No hay nada más irritante que una mujer que siempre tiene razón.

–He oído eso antes. Venga, vamos –dijo ella, señalando la alfombra–. Lo que quiero es que te sientes... como quieras, con las piernas cruzadas, con un cojín, tumbado, como te resulte más cómodo.

En cuanto lo hizo, las perritas se le subieron encima.

–Mop, Duster, al suelo.

Phoebe se puso de rodillas delante de él, ofreciéndole una buena panorámica de su escote. La camiseta del pijama era ancha, pero escotada. ¿Lo sabría ella? Fox se preguntó entonces si escondería algo. También se preguntó si alguna vez llevaba zapatos y cómo demonios habría encontrado una laca de uñas color pistacho. Los dedos de sus pies eran tan monos...

–Fox.

–¿Perdón? No te había oído.

–Ya veo.

–Phoebe, no he venido para hacer ejercicios. He venido para discutir sobre...

–Lo entiendo. No te caigo bien. No quieres es-

81

tar aquí. Te molesta que haya podido quitarte el dolor de cabeza y no te gusta pedirle ayuda a nadie. Pero podemos hablar sobre todo eso más tarde, ¿no te parece? Ahora vamos a hacer los ejercicios. Dame la mano, Fox.

No estaba coqueteando con él. Seguro.

Pero por un segundo, por una milésima de segundo, una imagen apareció en su cabeza.

Él tocándola.

Ella deshaciéndose.

Él olvidándose de todo otra vez.

Naturalmente, ésa era una fantasía absurda e intentó apartarla de su mente... pero ya era demasiado tarde. La pelirroja había vuelto a hacerlo. Lo obligó a tomar su mano, a cerrar los ojos y, sin que pudiera evitarlo, «Charlie» se puso duro como una piedra.

–Ahora no hables, no pienses. Relájate. Sólo quiero que hagas una cosa, imaginar un lugar seguro. Un sitio donde nadie pueda hacerte daño. Donde no tengas miedo de nada.

–Phoebe, yo...

–No, no hables. Quiero que te concentres. ¿Puedes inventar un lugar seguro? ¿Imaginarlo? ¿Un lugar donde nada ni nadie pueda hacerte daño?

–Sí.

–Muy bien. Ten esa imagen en tu mente y explórala. Mira hacia arriba, hacia abajo. Huele ese sitio, intenta percibir los sonidos. ¿Lo estás haciendo?

–Sí.

–Quiero que sientas lo seguro que es ese sitio.

–Que sí, que sí, que lo estoy haciendo –dijo él, rascándose la rodilla.

–Nadie puede tocarte en ese sitio. Es sólo tuyo, nadie puede entrar. Nadie sabe dónde está. Y nadie puede quitártelo.

Su voz parecía hipnotizarlo. Fox imaginaba un campo, una pradera con flores silvestres, la hierba moviéndose con el viento. El sol, un pájaro cantando sobre un árbol, un cervatillo correteando... Era una escena bucólica. Nada de dolor. Por alguna absurda razón, no había ningún dolor.

Entonces abrió los ojos y encontró a Phoebe frente a él, mirándolo, con una sonrisa en los labios, sus perritas tumbadas en el suelo, a su lado.

–Esto es más que raro.

–¿Qué es raro?

–Que no me duele nada.

–Genial.

–No lo entiendes. No me duele nada, ni siquiera el costado.

–Estupendo.

–Esto no tiene gracia, es imposible. ¿Qué me estás haciendo?

–Lo has hecho tú, Fox, no yo. El ejercicio no funcionará siempre, pero merece la pena intentarlo. Cada vez que sientas que empieza el dolor, haz el ejercicio, ve a tu lugar seguro.

–Eso es una estupidez.

–Mira, señor escéptico, será una estupidez, pero funciona. Es psicología pura. Cuando sien-

tes algún dolor, tu cuerpo se tensa. Esos músculos y eso tendones tensos te causan más dolor...
pero si te sientes seguro, te relajas, tu presión ar-
terial disminuye, los latidos del corazón se vuel-
ven regulares. Cualquier ejercicio de relajación
te ayudaría de la misma forma.

Fox entendía lo que estaba diciendo. Pero había dejado de creer en Santa Claus muchos años
antes.

Decidido a recuperar la cordura se quitó la
camiseta para mirarse el costado. Allí estaba, el
fragmento de metal que llevaba horas intentando llegar a la superficie de su epidermis. Él
sabía bien que había dolor y había dolor. Aquel
dolor no era terrible. Era apenas mencionable
comparado con lo que había sufrido. Pero era
una molestia que no podía quitarse de la cabeza.

Phoebe contuvo el aliento.

–¿Qué es eso? ¡No lo toques, Fox! ¡Es una herida abierta!

–La siento, pero... tenías razón, pelirroja.
¿Quién podría creerlo? Ya casi no me duele.

–¿Quieres que te lo saque yo o prefieres llamar a un médico?

–Si tienes unas pinzas, puedo quitármelo yo
mismo.

Phoebe tenía pinzas y tenía un botiquín de
primeros auxilios. Por supuesto.

Mientras ella reunía todo lo necesario, Fox le
explicó que así era como funcionaba una bomba
casera, que algunos pedazos de metralla apare-

cían en su epidermis de vez en cuando y era desconcertante y, algunas veces, asqueroso.

—No es asqueroso, Fox. Es una herida. ¿Cómo es que nunca cuentan estas cosas en la CNN?

—Ni idea... ¡Ay! ¿Qué haces?

—Estoy intentando quitarte esta cosa. ¿Te hago daño?

Fox se olvidó de todo, excepto de la melena roja que veía delante de su cara. Y entonces, de repente, Phoebe empezó a cantar el himno nacional.

—¡Horror! Qué mal oído tienes.

—Fox, es una herida profunda. ¿Seguro que no quieres ir al hospital?

—No. Puedo hacerlo yo solo.

—No puedes. Está muy abajo —replicó ella, que luego siguió cantando el himno.

—Si no dejas de cantar, me voy.

—¿Prometes no moverte?

—Prometeré lo que sea. Lo juraré si no vuelves a cantar.

De repente, los dos se quedaron inmóviles. En algún sitio un grifo goteaba, las perritas estaban roncando, pero lo único que Fox veía era su cara. Estaba mirándolo con... esa expresión. De compasión, de afecto. Y algo más. Algo más personal, más íntimo. Y, por un momento, se quedó sin respiración.

—Se acabó, Fox.

—No se acabó —suspiró él—. Ocurre cada vez que estamos juntos. Cada vez que me miras. Cada vez que yo te miro...

—No, me refiero a que ya no...

—Maldita sea, Phoebe. Yo esperaba no volver a sentir nada durante el resto de mi vida. Y entonces apareciste tú.

—¡Fox, sólo intento decir que he sacado el trozo de metralla!

Ah, el trozo de metralla.

Pero cuando volvió a mirarla a la cara, esa mirada de anhelo, de deseo seguía allí... tan real como la luz de la luna.

Tan real como el pulso que temblaba en su garganta. Tan real como sus labios entreabiertos.

Capítulo Seis

Phoebe vio que iba a darle un beso y no un beso normal y corriente, no. Un beso tremendo. Pero no podía darle una bofetada. Después de haber visto esas cicatrices, todas esas heridas tan de cerca... No podía hacerle daño. Era impensable.

Pero cuando su cuerpo se inclinó hacia él, cuando sus labios se entreabrieron para él... no era exactamente porque quisiera un beso. Pero se daba cuenta de que su alma necesitaba curar mucho más que su cuerpo.

Aunque, por supuesto, sabía que ella no podía curar el alma de nadie. Pero no podía ser tan mala como para rechazar a Fox.

Ésa era su excusa para besarlo como si su vida dependiera de ello.

Ella no era una mujer lasciva, ni dejaba que sus sentidos dirigieran su vida. No era la clase de mujer que se olvida de la moral cuando un hombre le gusta. Phoebe no estaba preocupada por las insinuaciones que Alan había hecho sobre su personalidad. Una y otra vez.

—No estás para esto —dijo en voz baja.

—Te aseguro que sí —contestó él.

–No quiero hacerte daño, me da miedo to-carte...

–Phoebe, tú no podrías hacerme daño aunque quisieras –la interrumpió Fox, acariciando su pelo–. No pares. Ya pararemos más tarde. No haré nada que tú no quieras hacer, te lo aseguro. Nunca. Pero deja que te bese un poco más.

Si otro hombre hubiera dicho eso, Phoebe habría soltado una carcajada... pero Fox, maldito fuera, no era cualquier hombre.

Lo decía como si lo sintiera de verdad, como si de verdad creyera que iban a parar, que no estaba seduciéndola. Y como creía que le estaba diciendo la verdad, su corazón volvió a latir como loco.

Él había cerrado su corazón a los sentimientos durante mucho tiempo y era muy importante que se abriera para ella. Sí, era sexo, lo sabía, pero eso no significaba que no fuera importante para Fox. Aquel hombre estaba sufriendo y ella tenía que responder. Lo haría cualquiera en su situación. Su corazón no tenía nada que ver. No, nada.

No del todo.

Quizá estaba enamorándose, pensó. Quizá estaba ya tan enamorada que su corazón se iba a partir en dos, pero en aquel momento...

Y aquel hombre sabía besar.

Como lo había besado antes, debería haber recordado que era inflamable. Sabía lo potentes que eran esos labios. Pero aquella vez Fox tenía ideas nuevas. Metió la lengua en su boca y jugó con la suya, besándola de mil maneras diferentes.

Ella no le quitó la camiseta y, sin embargo, de alguna forma, cayó al suelo. Phoebe había jurado no volver a tocarlo, pero sus manos se deslizaban por su pecho, su espalda. Lo había tocado antes, pero como masajista.

Ahora era diferente.

Ahora lo tocaba con las manos de una mujer, respiraba su aroma de hombre. Tocaba su estómago plano, los músculos, los tendones, la columna de su cuello, no para relajarlo sino para todo lo contrario.

Su piel olía vagamente a jabón y a sudor, pero esa mezcla era como un afrodisíaco para ella. Era el olor de un hombre encendido.

Y seguía besándola. La besaba en el cuello, en la garganta. Le quitó la camiseta de un tirón y luego, poco a poco, una a una, las horquillas del pelo.

Mop de repente apareció a su lado. Duster estaba roncando, pero Mop siempre parecía pensar que su amita necesitaba ayuda...

—No pasa nada, cariño —dijo él.

Mop se alejó, como reconociendo que no pasaba nada, que no había peligro... aunque Fox era un peligro. Phoebe lo sabía. Abrió los ojos y vio que él la estaba mirando. No la tocaba, no la besaba, sólo estaba mirándola.

Lo último que recordaba era que estaban sentados, uno frente al otro. Ahora los dos estaban tumbados en la alfombra, cara a cara, los dos desnudos de cintura para arriba. Los pantalones de yoga se ataban a la cintura, pero las cintas se habían soltado y tenía la cinturilla por el ombligo... sin revelar nada más que sus caderas... pero él parecía ver la promesa de su desnudez. La miraba, la saboreaba con los ojos.

La deseaba.

Y ella también. Quería ser la que curase a Fox. La que lo hiciera sentir otra vez. La que le hiciera querer sentir otra vez.

Phoebe llevó las manos de Fox a sus pechos, animándolo para que la tocara. Con la otra mano, desabrochó el botón de sus vaqueros y bajó la cremallera. La habría bajado mucho más rápido de haber sabido que el malvado no llevaba ropa interior. El «muelle» saltó como un resorte, tan rápido que estuvo a punto de engancharse en los dientes de la cremallera, pero ella lo protegió envolviéndolo en su mano. Estaba caliente y palpitaba.

–No...

–¿Ése es un «no» de esos que quieren decir «sí»? –sonrió Phoebe.

–No te rías de mí.

–¿Sabes una cosa, Fox? Si algún hombre ha necesitado reírse alguna vez, ese eres tú –como para probar que tenía razón, su «Charlie» soltó una gotita–. Ah, sí, esto te gusta –murmuró Phoebe y luego, de repente, se quedó parada.

En un segundo pasó del calor tropical al frío del Polo. Lo que ocurrió fue que oyó su propia risa ronca, notó que él respondía haciéndole el mismo tipo de caricia ardiente... Ella no quería ser una seductora, no quería que la viera como una amante desinhibida.

Esa contradicción le provocó una ansiedad terrible. Lo deseaba. Totalmente. Deseaba hacer el amor con él, compartir cosas con él, ayudarlo a curarse. Pero no quería... rendirse. Podría hacerlo, pero le daba miedo sentirse avergonzada después, sentirse sucia, como Alan la había hecho sentirse.

Sabía que Fox no era Alan. Sabía que no era la misma situación, pero...

–¿Qué pasa? –preguntó él, mientras besaba su cuello.

–Fox, ¿tú quieres hacer el amor?

–Claro que sí. Contigo. Ahora mismo, si tú quieres.

–Yo quiero. En teoría.

–Me parece bien lo de la teoría –le aseguró él, sin dejar de besarla.

–Pero no quiero que esperes...

–¿Esto es por lo que pasó la última vez? ¿No te gusta el sexo?

–No he dicho que no me gustara el sexo. Pero no soy una persona muy sexual, así que si esperabas algo escandaloso... además, apenas nos conocemos.

–Phoebe, tú me conoces mucho mejor que nadie... me guste a mí o no. Has atravesado mis defensas, has hecho que me rinda.

–Fox...

–Sé que esto está bien. A lo mejor es una lo-

cura, pero está bien. Aunque no puedo prome-
terte un futuro.

–No te lo estoy pidiendo.

–No eres tú. No tengo nada en contra de las
relaciones serias. Pero mi vida ahora mismo...

–No te estoy pidiendo promesas de futuro –repitió Phoebe.

Él arrugó el ceño, como si estuviera dispuesto
a mantener una seria discusión sobre el tema.
Pero eso no iba a pasar. Sólo un tornado podría
aplacar el fiero brillo de sus ojos.

–Así que no eres una persona muy sexual –dijo
con tono paciente.

–No lo soy –dijo Phoebe.

Al menos, estaba decidida a no serlo.

–Muy bien. Vamos a llegar a un compromiso.
Si hago algo que no te gusta, dímelo. ¿Te parece
bien?

Como ella no contestó de inmediato, Fox fue
directo al grano. De los besos en el cuello pasó a
besar sus pechos, su ombligo, su vientre.

Después, tiró del pantalón de yoga. Ella no
tuvo tiempo de prepararse, de pensar. Así que le
bajó los vaqueros. Quería desesperadamente que
Fox pensara que era una mujer buena. Una mujer responsable con la que se podía contar, a la
que él podía respetar.

No tenía que amarla, pero necesitaba su respeto, eso era lo más importante.

Aunque su pasión también le importaba. Y
mucho.

No recordaba haber sentido aquella excitación en toda su vida, aquella conexión con otra persona... no había forma de explicarlo.

Pero era como si entendiera su dolor.

Como si él entendiera el suyo.

Rodaron por la alfombra bajo la suave luz de la lámpara y luego de nuevo entre las sombras. Era estupendo que viviera frugalmente porque no había muchos muebles con los que chocarse. Pero, para ser un hombre al que lo último que le hacía falta era otro moratón, Fox parecía poco preocupado por darse un golpe y sí muy interesado en besarla, en tocarla, en acariciarla.

Phoebe tenía miedos. Tenía serios miedos, pero estaba decidida a abandonarlos. Cuando se tumbó sobre ella, enredando las piernas en su cintura, no pudo hacer nada. Había alegría en sus ojos. Intensa frustración, un deseo increíble, pero también alegría. Esa alegría de vivir que sólo podía darte conectar con otra persona...

Phoebe cerró los ojos y levantó las caderas para recibirlo. Se acoplaban perfectamente, como un guante. Él dejó escapar un gruñido como un león liberado después de años de cautiverio en el zoo. Ella dejó escapar un gemido como una gatita feliz con su propio poder.

Por un momento se quedaron parados, como intentando grabar ese momento, mirándose a los ojos.

Y entonces se pusieron en marcha. Los dos moviéndose al mismo ritmo, un ritmo frenético, primitivo. Sus cuerpos estaban cubiertos de sudor. Un teléfono sonó en algún sitio, se oía el ruido de un coche en la calle, el ruido de la nevera...

Pero nada de eso estaba en su mundo. Phoebe se agarró a él, con los ojos cerrados, sintiendo que el alivio escapaba de ella como un chorro de dulce liberación, sintiendo el de Fox como un chorro de amor, tan caliente, tan dulce que la llevó a un lugar desconocido.

Y luego los dos intentaron respirar con normalidad.

Pasaron los minutos.

Ella no se quedó dormida, pero cuando abrió los ojos tenía la camiseta puesta y Fox estaba tumbado de lado, con un brazo sobre la cara, la otra mano en su pelo. Sus ojos habían perdido esa fiera intensidad y eran oscuros, impenetrables.

Phoebe se quedó un momento absorbiendo una profunda sensación de felicidad, de bienestar. Le parecía perfecto haber hecho el amor con él... más perfecto que nada en toda su vida.

–Oye –murmuró Fox.

–Oye tú.

–No sabía que esto podía pasar.

–¿No sabías cómo se hacía?

–Tonta. Pensé que jamás volvería a hacerlo en mi vida.

–¿Qué te pasó en Oriente Medio, Fox?

–No lo sé.

–Sí lo sabes –murmuró Phoebe, acariciando su cara.

–Me perdí –contestó él por fin–. Dejé de creer en mí mismo, en mis valores. En mí como hombre.

–¿Por qué?

–Eso da igual. Lo que importa es que pensé que no volvería a hacer el amor nunca más.

Phoebe quería ayudarlo. Más que nada en el mundo, quería ayudar a aquel hombre.

–No me gusta decir esto, chaval, pero me has dado pistas más de una vez de que tu cuerpo funcionaba perfectamente.

–Una erección es una cosa, hacer el amor es otra muy distinta. Y sentir... sentir otra completamente diferente. Pero... hay algo que... no sé, quizá he sido injusto.

–¿Lo lamentas?

–Estamos en el sur, pelirroja. Mi madre no crió a sus hijos para que se aprovecharan de las mujeres.

–No te has aprovechado de mí.

–Sí lo he hecho. Llevaba siglos sin hacer el amor y tú te me has subido a la cabeza. No es una excusa, pero es lo que ha pasado.

–Yo quería que pasara.

–Tú no querías que pasara con un tipo que está hecho polvo, que no tiene vida... al menos, por ahora.

–Estás recuperándote, Fox. Y no ha pasado nada que yo no quisiera que pasara.

–Mi madre no estaría de acuerdo, te lo aseguro –sonrió él. Estaba bromeando, pero había dejado de tocar su pelo, había dejado de estar en conexión con ella–. Tú te mereces algo más de lo que yo puedo ofrecerte, pelirroja...

–Eso lo decidiré yo, ¿no?

–No es tan fácil para mí. Todavía no. Tengo que pensar antes de que sigamos hablando de esto. Pero ahora... me voy a casa.

–Sí, ya me lo imaginaba.

No lo sorprendió. Sabía que no se quedaría a dormir. Sólo había sido sexo. No tenían una relación, de modo que no podía hacerle daño, no debía permitir que le hiciera daño.

–Pero quiero que sepas... que voy a hacer tu programa.

–Me alegro. Y merece la pena. Es bueno para ti.

–Puede ser. Creo que tú entiendes lo que me pasa... aunque me estás sacando de mis casillas.

–Es fácil sacarte de tus casillas, Fox.

–¿Sabes una cosa? Todo el que me conoce cree que soy el hombre más paciente del mundo.

–¿Los has engañado a todos? –sonrió Phoebe.

Él no estaba sonriendo.

–Haré tu programa, pero tenemos que llegar a un acuerdo. Voy a pagarte por horas.

Luego mencionó una suma.

–No te pases, cariño. El precio de una sesión es...

–Me da igual lo que cobres. Eso es lo que voy a pagarte. Y otra cosa...

¿Qué?

–Voy a hacerte la cascada en la sala de masajes.

–¿Qué? No creo que puedas hacer un trabajo tan duro...

–Si no puedo, no puedo. Pero lo intentaré. Cuando mi padre murió, dejó una herencia considerable, pero mi madre se ocupó de que aprendiéramos un oficio.

—¿Ah, sí?

—Sí. Aunque no lo creas, sé bastante de fontanería y carpintería.

—¿En serio?

—Sí. Creo que puedo hacer el trabajo. Y eso será parte del pago. El dinero por sesión y la cascada.

Cuando se fue, Phoebe se quedó desnuda sobre la alfombra, mirando los faros del coche desaparecer al final de la calle.

Y toda la euforia se desvaneció... reemplazada por una sensación de miedo.

Entonces pensó en su madre. Su madre era una hedonista, una mujer llena de sensualidad. Su padre adoraba esas cualidades y las valoraba en todos los sentidos. Por eso Phoebe creció pensando que la sensualidad era algo sano y maravilloso.

Y, según las revistas femeninas, los hombres buscaban mujeres sensuales. Mujeres ardientes, desinhibidas que expresaban libremente su sexualidad. ¿Ése era el sueño de todos los hombres?

Mentira.

Los hombres deseaban una mujer ardiente, desde luego. Pero sólo para acostarse con ella, no para mantener una relación seria. Los hombres solían desconfiar de las mujeres muy sensuales. Temían que fueran infieles. Temían no poder confiar en ellas. La mayoría de los hombres no respetaban a una mujer así.

Phoebe lo había descubierto con Alan.

Lo que más le dolió fue que la acusara de ser una hedonista, una sensualista... porque no podía defenderse de esos cargos.

Era todo eso. Pero Alan la había hecho sentirse tan sucia que ella empezó a pensar lo mismo... hasta que dejó su trabajo como fisioterapeuta y empezó a trabajar con los niños.

No había pensado en Alan en mucho tiempo... hasta que Fox entró en su vida. Sabía que eran dos hombres completamente diferentes, pero temía enamorarse de alguien que no la respetase.

Abruptamente, se levantó para dejar salir a las perritas por última vez esa noche. El frío la hizo temblar, pero la ayudó a ver la realidad.

No lamentaba haber hecho el amor con Fox. Ayudarlo era algo muy importante para ella... fuera cual fuera el precio que tuviese que pagar. Pero tenía que recordar cómo había terminado aquella noche.

Fox no había querido quedarse a dormir después de hacer el amor.

E insistía en pagarle una cantidad enorme por sus servicios.

No debía engañarse a sí misma, no debía pensar que para Fox era algo más que una persona a la que había contratado para que le quitase el dolor.

Durante unas horas había sentido una extraordinaria conexión con él... se había sentido como si unos frágiles pétalos de rosa se hubieran abierto dentro de ella, unos pétalos que llevaban mucho tiempo cerrados...

Pero ella sabía la verdad.

Para Fox era sólo una masajista. Y mientras se dijera a sí misma que no debía querer nada más no habría ningún problema.

No pensaba olvidar eso nunca.

Capítulo Siete

En una semana, había llegado la primavera y las azaleas, azules y amarillas, estaban por todas partes. El sol brillaba sobre las verdes hojas de los árboles y de la tierra escapaban briznas de hierba, como si cada espora, cada raíz bajo la superficie estuviera dando vida.

Excepto a él, pensó Fox.

Que una vez hubieran hecho el amor no significaba que volvieran a hacerlo. Había muchas razones para no hacerlo, además.

Pero...

Pero quería hacer el amor con Phoebe.

Inmediatamente. Regularmente. Preferiblemente, una vez cada hora. Durante varias semanas. Sin parar.

Que estuviera bien o mal no era el asunto. Sus hormonas sólo entendían que el tema de los valores no tenía nada que ver. Después de hacer el amor con ella, quería más.

A nadie más, nada más. Sólo a Phoebe. Y sus hormonas seguían repitiendo eso una y otra vez, cada día.

—¿Qué estás haciendo? —preguntó Harry.

Fox levantó la mirada. Era el día de Harry, de

Alce, y eso significaba, según las reglas del programa de Phoebe, que debía ir a pescar.

Para ello, su hermano lo había llevado a la frontera de Carolina del Sur. En cualquier otro momento no le habría importado. El lago Jocassee era un paraíso, con aguas transparentes recortadas contra un marco de montañas salvajes.

–¿Cómo que qué estoy haciendo? Estoy sentado aquí contigo, pescando.

Harry suspiró mientras tomaba uno de los libros que Fox estaba leyendo.

–*Las mujeres y las leyes de la propiedad en la América rural. La política del control social y sexual en el viejo Sur...* ¿Tú llamas a esto lecturas relajantes?

–Pues sí, mira.

–¿Y crees que vas a convencer a alguien de que no quieres volver a ser profesor de historia? –sonrió su hermano.

–Esto no tiene nada que ver. Me gusta leer.

–Sí, seguro. Pero lo que tienes que hacer hoy es pescar. Phoebe te dijo...

–Phoebe sólo quería que saliera de casa y estoy fuera de casa. Respirando aire fresco, como ella quería. Eso no significa que tenga que pescar.

–Es inhumano no querer pescar.

–Dame una pelota y te gano a lo que sea, fútbol, baloncesto, béisbol, lo que quieras. Pero sentarme aquí enganchando gusanos a una caña...

–Me chivaré a Phoebe si no lo intentas por lo menos.

–Ésa es una amenaza muy fea. ¿Me chivé yo

101

cuando Ben y tú metisteis esa mofeta en la cafetería? ¿Le conté a Ben que tú tiraste a la basura su camisa favorita? Los hermanos no se chivan unos de otros.

–Esto es por tu bien. Leer libros de historia no va a relajarte.

–¿Cómo que no?

–Phoebe quiere que te relajes de otra forma. Se supone que debes pasarlo bien.

–Leyendo lo paso bien –replicó Fox con firmeza, abriendo un libro. Aunque daba igual porque llevaba horas intentando concentrarse y no lo conseguía.

Normalmente leer lo relajaba, pero en aquel momento era imposible.

Porque sólo podía pensar en Phoebe.

Sí, sólo habían hecho el amor una vez. Habían pasado diez días, doce horas y siete minutos desde entonces, pero el encuentro seguía fresco en su memoria.

Una de las cosas que lo molestaba era que Phoebe hubiera dicho que no era una persona muy sexual. Tendría gracia si no fuera tan... raro. Como ella era, evidentemente, una mujer muy sensual, Fox no podía entender por qué decía justo lo contrario.

Por supuesto, era imposible entender a las mujeres, pero... Además, había otras cosas. Los colores de su casa, por ejemplo: amarillo, verde, azul.

Y luego estaba el asunto de las bragas.

Esa noche, Phoebe llevaba unos pantalones anchos. Era típico en ella llevar ropa cómoda, pero bajo esos pantalones había unas bragas... un tanga. De satén.

Era blanco, con un corazoncito rojo en el centro. Era tan pequeño que habría que usar una lupa para verlo, pero Fox lo había visto. Y ésa era una elección extraña para una mujer que solía llevar ropa ancha y decía no ser una persona sexual.

Igual que la casa. La había pintado de colores sensuales... pero se asustaba si alguien decía que era una persona sensual.

¿Por qué?

Allí había algo raro, pensó Fox. Muchas cosas raras. Igual de raro que él seduciendo a una mujer cuando no tenía nada que ofrecerle.

Pero además de eso... había algo raro en Phoebe. Ella era una amante de la vida, una hedonista, una mujer muy sensual, una mujer de carácter. Phoebe entendía su problema incluso mejor que él mismo.

Lo estaba ayudando tanto que le dolía que tuviera ese problema, esa cosa rara. Era como si tuviera miedo. Pero... ¿de qué?

–Y lo otro que me molestó fue que no quisiera hablar del futuro.

–¿Eh?

–¿Qué clase de actitud es ésa? Hay gente que no puede tener relaciones serias con nadie, pero cuando uno conoce a alguien, lo intenta y luego funciona o no, ¿verdad?

–Creo que estás deshidratado –dijo su hermano–. Toma, bebe un poco de agua.

–Lo que digo es que hay que intentarlo antes de rendirse. Uno no se mete en una relación con el deseo deliberado de hacerle daño a la otra persona –suspiró Fox–. A menos que sea un canalla.

–No sé de qué demonios estás hablando, pero cuéntame. Aunque, si vamos a hablar de mujeres, creo que deberíamos hablar de Phoebe.

Fox levantó la mirada de repente.

–¿Qué? Yo no estoy hablando de Phoebe.

–No he dicho que lo estés haciendo –sonrió Harry. Pero enseguida se levantó porque algo se había enganchado a su caña. Y el mundo se detenía por una trucha. Aquélla era arco iris, de unos quince centímetros. La pobre luchaba como un boxeador... y ganó.

–Adiós –sonrió Fox.

–¡Maldita sea! –exclamó Harry.

–Bueno, ¿qué estabas diciendo de Phoebe?

–Pues... la verdad es que estoy pensando pedirle que salga conmigo.

–No.

–¿Por qué no?

–Porque no.

–¿Por qué? Gano dinero, tengo buenos genes, puedo ofrecerle una buena casa, seguridad... yo quiero sentar la cabeza, Fox. Ya no me apetece levantarme con una resaca y una mujer de cuyo nombre no me acuerdo. Eso ya no me interesa. Quiero una mujer con la que pueda hablar, estar con ella todas las noches...

–Muy bien, te estás volviendo viejo –lo interrumpió Fox–. Tienes que sentar la cabeza, pero no con Phoebe.

–Ah, ahora lo entiendo.

–¿Qué es lo que entiendes?

–Ben también lo sabe –sonrió Harry.

–¿Qué sabe?

–Que te gusta Phoebe. Pero no sabíamos si ibas en serio.

–Yo no... no me gusta. ¿Crees que saldría con una mujer sin tener un trabajo? ¿Sin saber lo que voy a hacer el mes que viene?

–Ya lo sabrás. La semana pasada sólo tuviste dos jaquecas...

–No.

–Por fin estás saliendo del agujero, Fox. No estás bien del todo, pero la cosa está funcionando, así que...

–¿Qué?

–Puede que le pida a Phoebe que salga conmigo o puede que no. Pero esperaré hasta que termines el programa, ¿de acuerdo? Hasta que estés recuperado. Eso es lo importante.

–¿Para qué?

–Tienes que estar bien del todo para tomar una decisión –contestó su hermano–. Esa mujer te ha vuelto loco. Cuando estés mejor podrás decidir lo que quieres hacer.

Fox abrió la boca, pero volvió a cerrarla. Quería decir que ni Phoebe ni nadie lo había vuelto loco, pero no tenía sentido. Era verdad. Y punto.

Pero eso no significaba que Harry tuviera razón. Fox quería mucho a su hermano, pero

Harry, Alce, casi siempre se equivocaba y aquello no era una excepción.

No podía esperar hasta estar curado del todo para aclarar la situación con Phoebe. La verdad era que no podía esperar un minuto más.

No podía hacer los ejercicios de relajación con ella como si no se conocieran de nada.

No podía dejarla escapar. No podía dejar que lo curase, que lo amase, que le diera el trescientos por cien cada vez que se veían... y no recibir nada a cambio.

Debía descubrir cuál era el problema. O eso o arriesgarse a perder la cabeza... o lo que le quedaba de ella, porque no podía pensar en nada más.

Y después de aclarar el asunto, harían el amor otra vez.

El plan le parecía perfecto.

Al día siguiente seguía sintiéndose muy seguro de sí mismo cuando salió del coche frente a su casa, con una impresionante cantidad de herramientas en la mano. Las herramientas no eran un señuelo, en realidad. Después de todo, tenía que hacerle una cascada.

Pero cuando levantó la mano para llamar a la puerta, oyó un llanto dentro de la casa.

El llanto de un niño. Y no un lloriqueo, sino un llanto terrible, como si lo estuvieran torturando.

Nadie podría estar torturando a un niño en casa de Phoebe si ella estaba viva, de modo que Fox se asustó. Si había sufrido un accidente... Nervioso, empujó la puerta y entró a la carrera.

Encontró a Phoebe en la cocina, removiendo algo en una cacerola. Algo que olía a ajo y a romero.

Iba descalza, como casi siempre. Con una falda vaquera y una camiseta roja, estaba de espaldas, canturreando una canción.

Era una escena maravillosa... si no fuera porque el niño que llevaba colgado al pecho lloraba como si lo estuvieran matando.

–Ah, hola –sonrió al verlo–. Un momento... hoy es miércoles, ¿verdad? No tenías que venir hasta el viernes.

–No, pero...

–No pasa nada –lo interrumpió ella–. Entra, entra. El problema es que tengo a Manuel y no va a ser fácil hacerlo callar.

No parecía preocupada por los gritos del niño, todo lo contrario. Aunque estaba cocinando, con una mano acariciaba la espalda del crío. Como ella había dicho que se llamaba Manuel, Fox supo que era un chico. Pero habría sido imposible adivinarlo. Era calvo y tenía la cara arrugada y roja de tanto llorar.

–Manuel es de Chicago.

–¿Y cómo te traen un niño de tan lejos?

–Normalmente no es así... pero tengo contactos con diferentes agencias de adopción de todo el país. Todas tienen el mismo problema: no saben qué hacer con un niño abandonado que no ha tenido ni cuidados ni cariño –contestó Phoebe, levantando el cucharón de madera para que Fox probase la salsa–. ¿Más sal?

–No, está perfecta.

–Yo creo que necesita algo. Quizá un poco más de ajo... En fin, el caso es que Manuel sólo estará dos días conmigo.

–¿Y en dos días puedes hacer algo?

–Sí y no. Estar con un niño, acariciarlo, siempre es importante. Es un comienzo, desde luego.

–¿Seguro que no está enfermo?

–No, no.

–¿Y no tiene hambre, no le duele nada?

–Nada –sonrió Phoebe–. Sé que suena extraño, pero así es. Su madre era drogadicta, así que este pequeñajo ya llegó al mundo sufriendo como un condenado. Pasó por el síndrome de abstinencia...

–¿Qué?

–Los hijos de mujeres drogadictas sufren el mono, como ellas. Además, está furioso. Y hay que ayudarlo.

Sí, desde luego. Aunque Fox no entendía cómo Phoebe podía mantener una conversación mientras el niño lloraba y lloraba de esa forma.

Pero una cosa estaba clara: el plan de hablar sobre su problema y luego hacer el amor se había ido a la porra.

Entonces se dio cuenta de algo: estaba enamorado de Phoebe. Y no sólo porque las posibilidades de hacer el amor con ella en el futuro inmediato hubieran sido aniquiladas.

Descalza, cuidando de aquel pobre niño, haciendo la comida, con aquella cocina pintada de colores... y allí estaba. Aquella abrumadora emoción que lo embargaba, cuando habría podido jurar que ya nunca sería capaz de sentir. Pero sólo con mirarla sentía como si estuviera en el cielo, emocionado de estar con ella en la misma habitación.

–¿Has venido por alguna razón en especial?

–Sí, pensaba empezar con la cascada. Si no tenías ningún otro paciente hoy.

–Ah, qué bien. Hoy sólo tengo a Manuel, así que la sala de masajes está libre.

–¿Y no lo molestará que haga ruido?

–Todo lo molesta –suspiró Phoebe, acariciando la cabeza del bebé–. Pero da igual. Lo mejor para él es que viva una vida normal... así sabrá que estará protegido pase lo que pase a su alrededor. Venga, al tajo.

Fox obedeció.

Afortunadamente, su hermano Ben era constructor y le había solucionado todo el asunto de las licencias. Y afortunadamente también su madre había criado tres hijos muy trabajadores. Porque allí había mucho trabajo.

Primero se encargaría de las cañerías y luego haría lo más fácil: poner el cemento, el yeso, los baldosines. Mucho peso, mucho trabajo... al menos para un hombre que no podía doblar la espalda sin lanzar un gemido de dolor. Iba a tardar horas y horas en construir aquella cascada.

Pero era para Phoebe... que valoraba algo sensual y precioso mucho más que algo práctico. Y era una forma de pagarle todo lo que hacía por él. Además, en su opinión la gente se aprovechaba de ella y ya era hora de que alguien le hiciera un regalo.

No se dio cuenta de que se había acostumbrado al llanto del niño hasta que se percató de que la casa estaba en completo silencio. Entonces se levantó y corrió a la cocina para averiguar qué estaba pasando.

Phoebe no estaba en la cocina, sino en una habitación pintada de color verde menta, una especie de vestidor convertido en despacho. Estaba sentada a la mesa, mirando unos papeles mientras el niño dormía plácidamente.

–¿Se ha quedado dormido?

–No durará mucho. Pero sí, está durmiendo.

–¿Crees que estará así más de cinco minutos? –preguntó Fox.

–No tengo ni idea. Cuando un niño nace con el síndrome de abstinencia, uno de sus problemas es que no puede dormir. Este pequeñajo ya ha pasado por eso... pero parece estar furioso todo el tiempo. Nadie le ha dado una razón para vivir, ya sabes.

–Sí, lo sé muy bien.

Phoebe lo miró entonces con la cabeza ladeada. Cuando abrió la boca Fox supo que iba a empezar a hacer preguntas, de modo que se dio la vuelta.

Media hora después, volvió a oír el llanto del niño, seguido de la voz paciente y tranquilizadora de Phoebe, que se acercaba por el pasillo.

–¿Te importa si lo baño aquí, Fox?

–No, claro que no.

Entonces volvió a ver el rostro del niño de su pesadilla, el niño al que se acercó, el niño al que intentó demostrar que había gente en la que se podía confiar, que quería ayudarlo.

Toda su familia, todos sus amigos estuvieron en contra cuando se alistó como voluntario en el ejército. Decían que era una locura para un hombre que odiaba las armas, pero no lo entendían. Era cierto, él odiaba las armas. Y adoraba a los niños. Si la gente no ayudaba a los niños, si no se arriesgaban por ellos, ¿cómo iban a tener una oportunidad? ¿Cómo iban a cambiar el mundo?

Cada vez que su mente se metía por esos callejones oscuros, Fox se hundía como una piedra. Podía sentir la angustia, la oscuridad de la que intentaba salir cada día desde que volvió...

Pero allí estaba Phoebe, llenando la bañera, metiendo al niño y... metiéndose luego ella misma.

Fox la miró, boquiabierto.

No estaba desnuda. Llevaba una camiseta y una especie de calzoncillos. Pero no había esperado que se metiera en la bañera. El crío dejó de llorar inmediatamente, quizá por la sorpresa o porque le gustaba el agua calentita. A saber.

—Ah, ya veo que el agua es tu talón de Aquiles, Manuel. Y si hemos encontrado lo que te gusta, renacuajo, vamos a mojarnos mucho...

Por fin, Fox entendió lo que estaba haciendo. Manuel, tumbado sobre su barriguita sonreía, feliz, sintiendo la seguridad de las manos de Phoebe, los latidos de su corazón.

Y su pulso se aceleró de repente.

Phoebe era una mujer extraordinaria, desde luego. Su paciencia con el niño, el amor que entregaba tan generosamente... Era normal que se hubiera enamorado de ella. ¿Qué ser humano no la amaría?

Hubo un tiempo en el que también él tenía confianza y paciencia. Un tiempo en el que creía tener un don con los niños. Los niños siempre habían sido lo suyo. Lo creía de verdad.

Pero ya no era así.

–¿Fox?

–Tengo que irme –dijo él.

–¿Ahora mismo?

–Sé que esto ha quedado hecho un desastre, pero volveré... mañana.

–Mañana tienes que venir a una sesión.

–Lo sé.

Pero también sabía que se acercaba uno de los peores dolores de cabeza. Sabía que iba a ser terrible. Sólo quería marcharse de allí, llegar a su casa, esconderse en una habitación oscura.

Y no estaba aseguro de si debía volver.

Nunca.

Capítulo Ocho

Phoebe encendió la vela con olor a melón y apagó la cerilla. Luego dio un paso atrás, con las manos en la cintura, y miró su obra de arte.

Mop y Duster lanzaron un ladrido, por si acaso había olvidado que estaban allí. Ellas, desde luego, no podían olvidar el maravilloso olor que salía del horno.

Phoebe les había dado a probar un poquito de todo, pero en aquel momento lo que la preocupaba era Fergus, que estaba a punto de llegar.

El golpecito en la puerta hizo que sus perras se lanzaran a la carrera, ladrando para saludar al visitante. Cuando Phoebe abrió la puerta, se abalanzaron sobre Fergus como si fuera un amigo de toda la vida.

–Tenía que venir hoy, ¿no?

–Sí, desde luego –contestó ella.

Naturalmente, Fox estaba sorprendido al verla vestida de forma diferente. Nunca la había visto con algo que no fuera una camisa ancha, pero... el jersey negro y los pantalones del mismo color no eran precisamente un vestido de gala, pero resultaba diferente. No llevaba zapatos porque solía andar descalza por la casa, pero llevaba el pelo suelto y se había maquillado. No mucho, sólo un poco de brillo en los labios, un poco de colorete, un poco de rímel.

Pero, a juzgar por el brillo en los ojos de Fox, parecía como si se hubiera puesto las pinturas de guerra.

Phoebe lo llevó a la cocina. Había querido hacer algo especial aquella noche, algo que lo sorprendiera... porque había pensado que existía la posibilidad de que no volviera nunca.

Había pasado algo cuando se fue el miércoles. No sabía qué, pero de repente había cambiado, había vuelto a convertirse en un hombre oscuro, taciturno.

Phoebe quiso ir tras él para preguntarle qué pasaba... pero tenía que cuidar de Manuel. Además, no tenía derecho a preguntar ni a pedirle explicaciones. Fox y ella no tenían ninguna relación.

Por eso se había convencido a sí misma de que la estrategia era puramente profesional. Su recuperación era lo importante, ¿no?

Si se ponía un bonito jersey ajustado y llamaba su atención... mientras fuera por una razón profesional, estaba bien.

Él le preguntó por Manuel y charlaron durante unos minutos sobre el niño y sobre su trabajo.

—Bueno, siéntate. Hoy vamos a probar otro ejercicio.

—¿Ah, sí?

—Sí.

–¿Y es así?
–¿Tengo cara de sufrimiento?
–No.
–Deja de mirarme así, Fox. Venga, come.
–¿Cuánto tiempo estuviste con él?
–Tres años, casi cuatro.
–Y él es la razón por la que te viniste a vivir a Gold River.
–Sí, chismoso. Si quieres sabe la verdad, me rompió el corazón. Tanto que no podía olvidarme de él y tuve que cambiarme de ciudad. Pero eso es agua pasada.
–¿Y cómo te rompió el corazón ese hijo de perra?
–Normalmente, no me importaría que usaras lenguaje porque yo misma digo palabrotas algunas veces, pero esta noche no –lo regañó Phoebe. El programa de esta noche es hacer que te cures. Y eso no va a pasar si te alteras. ¿Qué tal el pollo?
–Muy rico. Y no estoy alterado. Sólo quiero saber qué te hizo ese canalla. ¿Te engañó con otra?
–No.
–¿Te pegaba?
Phoebe levantó una ceja.
–¿Olvidas con quién estás hablando? A mí no me pega nadie y vive para contarlo.
–Es verdad. Tú sabes cuidar de ti misma, Phoebe. Entonces, ¿qué pasó?
Phoebe dejó escapar un suspiro.
–Bien, bien, te lo contaré. Pero antes tú tienes que contarme qué pasó en Oriente Medio. Sé

Fergus no parecía haber notado las velas, el mantel, el decorado. El maldito hombre no apartaba los ojos de ella.
–¿A qué huele?
–Es la cena.
–La cena no era parte del trato.
–Hoy sí. Todo lo que pueda curarte es parte del trato, guapo.
–¿Guapo?
Phoebe rió, mientras se ponía los guantes para sacar el pollo del horno. La mesa de la cocina estaba cubierta por un elegante mantel... una sábana, en realidad. Y había puesto una bonita vela en el centro de la mesa. Como no tenía servilleteros de verdad, había decorado las servilletas con un lacito de terciopelo azul.
El menú no era precisamente gourmet: pan casero, patatas asadas con queso y crema agria, pollo con cilantro y limón. De postre, cerezas y moras con chocolate. Todo bastante básico.
Fox, sin embargo, levantó una ceja, sorprendido.
–¿Qué es esto?
–La cena, ya te lo he dicho.
–Esto es «la cena» como un diamante es «una piedra». ¿Crees que no sé cuándo una mujer quiere seducirme?
–¿Qué? –exclamó Phoebe.
–Por favor... tú sabes lo que el olor a pan recién hecho le hace a las hormonas de un hombre, ¿no?
Estaba tomándole el pelo, coqueteando. Y su

corazón empezó a palpitar como un loco. Unas semanas antes, aquel hombre estaba encerrado en una oscura habitación, sin querer ver a nadie, sin sonreír.

—El pan recién hecho es para abrirte el apetito.

—Eso es lo que he dicho. Que el olor a pan recién hecho despierta el apetito de un hombre. Mejor que nada en el mundo... además de ese jersey que llevas.

—¡Sólo es un jersey, Fox!

Entonces sonó el móvil y Phoebe se quitó uno de los guantes para contestar.

Era su madre y como no solía llamar de noche, se preocupó.

—¿Qué pasa, mamá? ¿Estás bien? ¿Está papá bien?

—Todo está bien —contestó su madre—. Sólo quería contarte una cosa, cariño. He leído en el periódico que Alan va a casarse. Sé que ya no quieres saber nada de él, pero no quería que te lo contara un extraño...

El pollo iba a quemarse si no lo sacaba del horno, de modo que Phoebe prometió llamar a su madre por la mañana y colgó a toda velocidad.

—Perdona la interrupción. Hablo con mi madre un par de veces por semana, pero es casi imposible colgar antes de una hora.

—¿Ha pasado algo?

—No, no, nada.

—Debe de haberte dicho algo...

Phoebe no quería hablar de Alan, de que le habló de sus padres.

—Mi padre es anestesista. Mi madre dice una suerte que gane dinero porque ella vaga... pero es de broma. Trabaja con ni fermos en el hospital y con adolescentes máticos. Además, está en la junta de direc una agencia de adopción... y es pintora.

—¿De ahí los colores? —sonrió Fox, señ las paredes.

—Sí, claro. Mi madre me enseñó a miedo de los colores.

—Os lleváis bien, ¿no?

—Muy bien.

—¿Y qué te ha dicho? Porque te ha viosa.

—Fox, no quiero hablar de eso ebe—. Estamos en tu sesión y lo im eres tú. No me importa hablar d fiero no hacerlo cuando estoy tr

—Ya —murmuró él, cabizbajo.

Ella dejó escapar un largo su

—Muy bien. Pregúntame lo quieres saber? —sonrió, mien del horno.

—Lo que te ha dicho tu m

—Que un hombre con el casarse.

—Supongo que erais no

—Sí, estábamos prome que sufriera al enterar con otra.

que te alcanzó la explosión de una bomba, que estuviste en un hospital y todo lo demás, pero quiero detalles.

Fox vaciló. De hecho, parecía querer evitar la respuesta, pero Phoebe se cruzó de brazos, decidida a esperar lo que hiciera falta.

—Me alisté en el ejército por los niños —dijo él por fin.

—¿Por los niños?

—Porque los niños necesitan un modelo de comportamiento y los profesores de historia siempre están hablando de eso. Lo veía todos los días en mi clase. Yo hablaba de héroes de la historia, de lo que había que tener para ser un héroe, por qué estudiábamos la vida de ciertos hombres y mujeres, lo que era el valor y todo eso...

—Muy bien, sigue.

—Enseñar historia significa enseñar a los niños que todos ellos tienen el potencial para convertirse en héroes, pero que no tiene nada que ver con ser valiente sino con encontrar valor dentro de uno mismo. Que todo el mundo es vulnerable y tiene miedo algunas veces... pero que lo importante es encontrar valor para luchar por las personas que están sufriendo.

Phoebe tragó saliva. Se le había encogido el corazón al oírlo hablar con tanta pasión de algo en lo que creía de verdad.

—Sigue, Fox.

—Así que un día estaba hablando sobre Oriente Medio, de su historia, de lo que estaba pasando

119

allí... El problema, en mi opinión, es que los adultos en este país no quieren saber nada de Oriente Medio. Todo el mundo está cansado de oír hablar de guerras y de muertos y ya les da igual. A sus padres les da igual y a los niños también. No entienden qué pasa allí.

–¿Y por eso te alistaste en el ejército?

–No veía otra opción más que alistarme en el ejército porque llevaba años diciéndoles que hablando no se consigue nada, que hay que hacer algo. Que incluso los hombres débiles y cobardes, los profesorcillos como yo pueden hacer algo... pueden cambiar las cosas...

–Tú no eres débil y cobarde.

–Quizá no, pero un profesor es un peso ligero –sonrió Fox–. Y me molestaba lo que los chicos oían en casa. En cualquier caso, sólo intento explicarte que sentía que había perdido el derecho de hablarles sobre héroes y líderes si no hacía algo. Y lo intenté.

Phoebe supo entonces que iba a contarle algo terrible. Lo sabía. Y ella no era psicóloga. ¿Cómo iba a ayudarlo?

–Así que me fui allí –dijo Fox–. Y me pusieron a trabajar en el tipo de cosa en la que pondrían a alguien como yo, claro, reconstruir escuelas, intentar organizar a los profesores, pasar tiempo con la gente de allí. Llevaba una pistola, pero nunca tuve ninguna razón para apuntar a nadie. Había incidentes, muchos, pero a mí no me afectaban personalmente.

Phoebe se levantó para servir el postre.

–Espera. Creo que nos hace falta un poco de chocolate –dijo, intentando sonreír.

Pero él sujetó su mano. Luego se levantó y, sin decir nada, salieron al porche y se sentaron en los escalones.

–Los niños del pueblo hablaban conmigo –siguió Fox entonces–. Yo hablo algo de árabe y les enseñé algo de nuestro idioma también.

–¿De qué hablabais?

–De rock and roll, de cine, de lo que ellos quisieran. Pero una mañana... hacía mucho calor, el sol era insoportable, como casi todos los días. Yo estaba en un callejón cuando un niño se acercó a mí. Un crío de grandes ojos oscuros, unos ojos preciosos. Por su aspecto, parecía haber dormido en el callejón y pensé que sería huérfano, que podría estar herido o que no encontraba a sus padres. En sus ojos había un dolor tan tremendo...

–¿Qué pasó? –preguntó Phoebe, casi sin voz.

–Empecé a hablar con él, como siempre hacía con los niños, con el mismo tono, la misma sonrisa. Saqué una chocolatina del bolsillo, un yo-yo... mientras pensaba qué iba a hacer con él. No podía dejarlo en aquel callejón, solo, sin comida. Eso era exactamente para lo que había ido allí, para encontrar la forma de hacer que un niño herido y abandonado pudiera volver a ser feliz.

–Fox... –murmuró Phoebe. Tenía la voz ronca y el corazón pesado porque veía una enorme angustia en sus ojos.

–Llevaba una bomba adosada al cuerpo.

–Dios mío.

–No puedo contarte nada más porque no recuerdo nada. Evidentemente, fue algo trágico, horrible, pero yo no pude hacer nada. No lo vi morir, de modo que ese recuerdo no es parte de las pesadillas... Sólo recuerdo que salí lanzado contra la pared, que perdí el conocimiento, nada más. Pero cuando desperté... desperté furioso, fuera de mí. Tanto como para gritar y golpear a todo el que intentara ayudarme.

–Qué horror.

–No le he contado nada de esto a mi familia –dijo él entonces–. No sé de dónde salía esa furia, pero espero que esto sea una explicación para ti, pelirroja, porque no hay más. Eso es lo que pasó. No hay nada... ¡eh!

Quizá quería decir algo más, pero Phoebe se había lanzado sobre él. Sabía que tenía heridas, sabía que tenía moratones por todas partes. Sabía que estaban en el porche de su casa y que no quería que Fox viera su lado sensual, pero...

¿Qué iba a hacer? ¿Seguir escuchando aquel terrible relato sin hacer nada? ¿Escuchar cuánto le había dolido la muerte de aquel niño, tanto como para hacerse daño a sí mismo, sin que la afectara profundamente?

Lo besó y siguió besándolo sin parar, pensando que se merecía todo lo que pudiera darle y más. Si perdía el respeto por ella... tendría que arriesgarse. El sexo era una forma de amor. Sólo una forma, pero válida en aquel momento porque quería darle toneladas de amor.

Sin dejar de besarlo, empezó a quitarse el jersey y lo tiró al suelo.

Mala idea porque Mop y Duster lo agarraron y salieron corriendo con él por el jardín. En fin... un jersey perdido. No tenía importancia.

Los faros de un coche iluminaron el porche. Estaba lejos, de modo que no podían verlos. Además, a Phoebe le daba igual. No le quitó la camisa porque se suicidaría si él se resfriaba por su culpa, pero fue directamente a la cremallera del pantalón.

En ese momento, odiaba el mundo que tanto daño le había hecho a Fox. El mundo que hacía que un niño se adosara una bomba al cuerpo, el mundo en el que un niño pequeño moría de esa forma. Era horrible, espantoso, insoportable.

Y se lo dijo con sus besos, con sus caricias. Se lo dijo con las manos, tocándolo, acariciándolo, amándolo con los dedos. Se lo dijo cerrando los ojos y concentrándose en darle todo el amor que había en su corazón, un torrente de sentimientos. No podía curar sus heridas, pero sí podía compartirlas.

Él murmuró una palabra. Su nombre.

Phoebe no podía hacer que olvidase aquel horrible momento, no podía borrar el recuerdo que quizá siempre estaría en su memoria, pero podía tocarlo, conectarse con él. Fox lanzó un gemido cuando su trasero desnudo tocó los fríos escalones.

—¿Ésta es forma de tratar a un inválido?

—No intentes escapar.

–¿Estás loca? No querría escapar aunque me fuera la vida en ello. Pero preferiría que no nos detuvieran por escándalo público. Al menos, hasta después.

–Mis vecinos no son niños pequeños. Ni tienen niños pequeños.

–Ah, estupendo –murmuró él, tumbándola sobre el suelo del porche.

Phoebe no llevaba el jersey y las tiras del sujetador se habían bajado como por arte de magia. Los pantalones seguían en su sitio, pero sólo durante un par de segundos porque Fox, una vez motivado, podría dar cursos sobre acción rápida.

Pero se detuvo un momento para enredar los dedos en su pelo, mirándola a la luz de la luna, en silencio. Luego metió la cabeza entre sus pechos, rozando sus pezones con la barbilla, raspándola con su barba, chupándolos tierna, ardientemente.

–Sí, sí –murmuró–. Ahora, Phoebe...

Era Phoebe quien lo seducía, aparentemente... pero era él quien estaba colocando sus piernas alrededor de su cintura, enterrándose en ella, apretándose como si quisiera fundirse con ella. Entonces empezó a moverse... con fuerza, violentamente, en el frío porche, en la oscura noche... y algo se soltó dentro de ella. Algo que no había estado suelto nunca.

Era la furia, pensó. Nunca se había sentido tan furiosa.

Eso tenía que ser.

Los dos rodaron por el precipicio al mismo

tiempo. Él dejó escapar un grito de alegría que la hizo reír... pero Phoebe sentía la misma euforia. Nada borraría aquella terrible experiencia suya, lo sabía. Pero en aquel momento, la tristeza era soportable.

El amor era así, lo curaba todo. Y por eso tenía que ofrecerle el suyo.

Con los ojos cerrados y la respiración jadeante, lo besó y lo besó y lo besó. Él la besó y la besó y la besó hasta que sus corazones recuperaron el ritmo normal y un golpe de viento los hizo temblar a los dos... y sonreír. Una sonrisa privada que era sólo de los dos y de nadie más.

Nadie le había sonreído como Fox.

Nadie la había hecho sentirse como Fox.

—Me dejas sin aliento, pelirroja —murmuró él, acariciando su pelo.

—Y tú a mí.

—Vamos a morir de frío.

—Lo sé. Deberíamos entrar y...

—Y vamos a hacerlo. Pero antes tengo que decirte una cosa —Fox sacudió la cabeza, sin dejar de sonreír—. Eres la mujer más sexy que he conocido nunca. Eres mi sueño.

La sonrisa de Phoebe desapareció. Se quedó helada completamente... por dentro y por fuera.

Capítulo Nueve

Fox dobló la esquina. Delante de él estaba el restaurante Lockwood, tan brillante como el Taj Mahal. Su hermano Harry nunca hacía las cosas a medias.

En una noche primaveral como aquélla, el jardín estaba decorado con cientos de lucecitas y el plato más barato de la carta costaba cincuenta dólares.

Fox aparcó detrás del restaurante, al lado del BMW de su hermano. Afortunadamente, podía entrar en casa de Harry sin que nadie lo viera porque llevaba unos vaqueros viejos y una camiseta de USC, su antigua universidad, que se caía a pedazos.

No había jugado al póquer en años y no lo haría si Phoebe no hubiera insistido. Pero ya que insistía... Fox había sacado del cajón su ropa de la suerte.

Y necesitaba un poco de suerte, pensó mientras subía por la escalera. Pero no con el póquer, sino con Phoebe.

La otra noche estaba convencido de que habían dado un paso adelante después de hacer el amor... ¿Cómo podía negar lo poderoso, lo fuerte que había sido? Incluso para un hombre que nunca había buscado el amor, que no creía estar en una posición en la que pudiera ofrecer amor, Phoebe lo obligaba a recapacitar.

Si no podía vivir sin ella, evidentemente tendría que darse una patada en el trasero y empezar otra vez. Buscarse la vida.

Porque no podía vivir sin ella.

Y tampoco podía vivir sin hacer el amor con ella... preferiblemente cada noche durante el resto de su vida.

Sin embargo, la había asustado. Le había dicho que era la mujer más sexy que había conocido nunca... Eso no era un insulto, ¿no?

Debería haber dicho que era la más guapa, la más buena, la más inteligente, pero lo había dicho con amor, con sinceridad, le había salido del alma. Y podría haber jurado que con Phoebe no hacían falta florituras, que lo único importante era hablar con el corazón.

Sabía que tenía un problema con eso del sexo... o, más bien, que pensaba que no era una mujer sexy. Pero ése era el asunto. Los hombres rezaban para encontrar una mujer que fuera desinhibida, una mujer que se excitara tanto como ellos, por las mismas cosas... aunque era difícil.

Excepto con Phoebe. Ella era más que un sueño. Cada vez que se tocaban, le parecía que era su alma gemela, su otra mitad. Había sentido con ella lo que no había sentido nunca con nadie... y, en su opinión, ella sentía lo mismo.

Pero en cuanto hizo ese comentario, Phoebe

se quedó como paralizada. Y luego insistió en que la sesión había terminado.

Cuando Fox le preguntó qué demonios significaba eso, ella contestó: «Fergus, pensé que sólo estarías dos horas aquí. Tengo que darle un masaje a un niño esta noche».

Y ése fue el problema. No que tuviera que darle un masaje a un niño, sino que lo llamó Fergus.

Fue como un puñetazo en el estómago.

Fox llamó a la puerta y entró sin esperar respuesta.

—Harry, soy yo.

Pero no podía dejar de pensar en Phoebe. Quería a su hermano y le gustaba jugar al póquer, de vez en cuando. Pero aquella noche habría preferido estar solo. Necesitaba estar solo. Tenía que pensar en Phoebe, tenía que pensar en su vida, en su trabajo. Tenía que tomar una decisión.

Entonces pensó en el ex prometido de Phoebe. Ésa debía de ser la clave del problema, se dijo. Porque si no lo era, estaba metido en un buen lío.

Phoebe se había comprometido a tratarlo durante un mes y el mes estaba a punto de terminar.

Fox sabía, como sabía que era alérgico a las almejas, que cuando terminase el mes, ella desaparecería de su vida... a menos que hiciera algo.

—¿Harry? ¿Alce? ¿Dónde estás?

El apartamento era más grande de lo que parecía y su hermano no era de los que se privaban de nada. La cocina parecía una exposición de electrodomésticos y en el salón, además de un acuario con peces tropicales, había un bar, una televisión de pantalla plana, un estéreo de última generación...

Pero Harry no estaba allí.

–¿Alce? –lo llamó de nuevo, dirigiéndose a la escalera.

Su hermano estaba en una especie de despacho que tenía en el piso de arriba. Con una cerveza en la mano. Y una rubia al lado.

–Fox, no te había oído. Llegas temprano...

–Lo sé...

–Conoces a Marjorie, ¿verdad? ¿Marjorie White?

–No, creo que no he tenido el placer –Fox dio un paso adelante para estrechar su mano porque su madre lo había educado bien. Pero enseguida se percató de que sobre la mesa no había ni cartas ni cervezas. Allí no había nadie más que Harry y aquella rubia.

Una rubia muy guapa con un vestidito negro, un perfume caro, unos pendientes de oro y zapatos de tacón.

–Fergus, he oído hablar mucho de ti.

–¿Ah, sí? En fin, me alegro de conocerte.

–Pensé que ya os conocíais. Marjorie estaba casada con Wild Curly Foster. ¿Te acuerdas de él? Un compañero mío de clase... era uno de los abogados más famosos de Gold River.

–Sí, claro –dijo Fox, aunque nunca había oído hablar de él.

–Murió hace un par de años en un accidente de tráfico.

–Ah, lo siento.

–Así que los dos sabéis lo que es sufrir –dijo Harry entonces.

–¿Que?

Marjorie soltó una carcajada.

–Veo que tu hermano ha querido darte una sorpresa, pero no pasa nada. Harry pensó que querrías compañía femenina... para variar. Podemos tomar una copa si te parece.

–Pues... –Fox miró a su hermano por el rabillo del ojo. Matarlo sería demasiado caritativo. Torturarlo sería demasiado caritativo–. De haber sabido que estarías aquí, me habría vestido de otra forma –añadió, señalando su camiseta–. Pero pensé que venía a jugar al póquer.

Harry le dio una palmadita en el hombro.

–A Marjorie no le importa cómo vayas vestido. Relajaos, tomad una copa. He puesto música y hay vino en la nevera. Yo tengo que bajar a ver cómo van las cosas en el restaurante. Hoy tenemos una celebración masiva, la empresa Wolcott...

–Harry, espera un momento...

–Hay comida en la nevera, por si tenéis hambre.

Marjorie seguía mirándolo y Fox se puso colorado.

–Ya veo que no sabías nada de esto. A mí tampoco me gustan las citas a ciegas, pero pensé que... en fin, tampoco yo estoy tan desesperada.

–No, claro que no –se apresuró a decir él–. Perdona, Marjorie. Siéntate, hablaremos y tomaremos una copa. No quería portarme como un idiota.

Marjorie era una chica muy guapa.

Pero no era Phoebe.

Su hermano había desaparecido y, evidentemente, Marjorie se sentía ofendida. Y él no podía ofenderla sólo porque quisiera matar a Harry. En realidad, tendría que matar a sus dos hermanos porque con toda seguridad Harry había consultado con Ben.

Los dos eran unos cerdos. Unos cerdos inmundos.

Fox sirvió una copa de vino mientras escuchaba la historia de su matrimonio con Wild Curly Foster, su noviazgo, su boda, el accidente de tráfico, sus dos hijos, el dinero que él le había dejado, sus horribles suegros, el viaje que había hecho a París el año anterior para recuperarse del disgusto... cómo echaba de menos a su marido.

Cuando sonó el teléfono por fin tuvo una excusa para alejarse. Era una asociación local, pidiéndole a su hermano un donativo. Fox les ofreció una cifra enorme como venganza.

–Lo siento, tengo que irme, Marjorie –le dijo después.

–¿Por qué?

–Era Harry –mintió Fox–. Por lo visto, están hasta arriba en el restaurante y me ha pedido que lo ayude.

–Ah, vaya. Lo siento.

Después de acompañarla hasta su coche, Fox entró en el restaurante por la puerta de atrás. Atravesó la cocina como un rayo y encontró al canalla de su hermano abriendo una botella de vino para un grupo de comensales.

Harry lo vio enseguida. Fox supuso que había visto el humo que le salía de las orejas porque le indicó con la mano que lo esperase fuera.

En el aparcamiento, estuvieron a punto de liarse a puñetazos.

–¿Se puede saber qué estás haciendo?

Su hermano levantó los brazos al cielo.

–Estaba intentando que volvieras a ser una persona normal, que salieras de casa y conocieras a una chica, tampoco es para tanto. Quería que recordases las cosas buenas de la vida...

–¿Y pensaba que tenías que buscarme un ligue?

–Yo no he dicho eso.

–¿Entonces qué?

–En realidad, ha sido idea de Phoebe.

–¿Qué?

Harry se metió las manos en los bolsillos del pantalón.

–Me llamó ayer para sugerir que te presentara a una mujer...

–¿Phoebe te pidió que me presentaras a una mujer?

–Dice que es parte del proceso curativo, una forma de motivarte...

–¿Intentar que me acueste con una desconocida?

–Ya me imaginaba que no iba a gustarte –suspiró su hermano.

–Ya veo –murmuró Fox.

Phoebe había organizado todo aquello. Phoebe quería que conociera a otra mujer... después de haber hecho el amor con él.

La única conclusión que podía sacar era que estaba asustada. Que él la había asustado.

Pero ¿por qué? No entendía nada.

El viernes por la mañana, Phoebe abrió la puerta con un niño en brazos.

–Veo que estás ocupada –dijo Fox, dándole un besito en la nariz–. Tengo una hora libre y había pensado seguir con la cascada... si no tienes pacientes.

–Tengo una clase de relación con los niños, pero no pasa nada. Hago la terapia en otra habitación. ¿Qué tal va todo?

–Bien. Estupendamente.

–¿No te duele nada?

–No. Ayer fui al médico y me dijo que parecía un ser humano otra vez. Se puso muy contento.

–Ya. ¿Y qué tal con tu hermano la otra noche?

Fox se quitó la cazadora y dejó la caja de herramientas en el suelo.

–Si quieres que te diga la verdad, pelirroja, salió como tú esperabas.

–¿Ah, sí?

–Pero sigue con tu clase, no te preocupes por mí.

Phoebe lo miró, atónita. El beso en la nariz, el misterioso brillo de sus ojos. Fox actuaba de una forma muy extraña.

¿Habría pasado algo con Marjorie? ¿Iba a morderse más uñas haciéndose preguntas?

¿Habría besado a esa mujer?

–¿Phoebe?

Cuando oyó la voz de una de las madres, Phoebe volvió al salón. La habitación en la que daba las clases de terapia para mamás primerizas era enorme, pero con seis madres y sus consiguientes bebés, parecía diminuta. Los niños, desnudos, estaban felices como cachorros. Las madres, agotadas. Por eso había empezado a dar esas clases.

–Una madre relajada consigue relajar a su hijo... y os prometo que cuanto más toquéis al niño, más contento estará. Hoy vamos a hacer dos tipos de masaje: el masaje activo y el relajante. De uno en uno...

Normalmente, formaba un círculo, trabajando individualmente con cada mamá y cada niño, pero después del segundo ejercicio dejó solas a las mamás y salió al pasillo.

–Hola.

–Hola –dijo Fox, sin volverse.

Se había quitado la camiseta y Phoebe podía ver sus cicatrices. No era una imagen bonita, pero las heridas estaban cerradas. Su complexión era más bien morena y la anchura de sus hombros, los músculos de su espalda, sus bíceps, dejaban claro que estaba haciendo ejercicio para recuperar la forma.

Se percató entonces de que no se había afeitado y la barba le salía más rubia que el pelo de la cabeza. Phoebe se fijó también en su perfil, en su preciosa nariz, en aquellos ojos tan provocativos...

–¿Has terminado la clase?

Ella se sobresaltó.

–¿Eh? No, no, sólo quería ver qué tal ibas. La cosa va bien, ¿no?

–Sí, lo más difícil era la fontanería, pero eso ya está. Yo creo que para el lunes estará terminada. ¿Te parece?

–Sí, claro. Entonces, ¿lo pasaste bien la otra noche?

–Sí, desde luego que sí. Oye, Phoebe, yo creo que necesitas unas alcachofas diferentes de las que has comprado. Unas que lancen un chorro más suave.

–Muy bien.

–¿Quieres que las compre yo?

–Sí, claro. Luego me dices cuánto te han costado y te daré el dinero. Entonces el lunes estará terminada, ¿no?

–Sí. Además, me gustaría verte el lunes.

–¿Para qué?

–Tú insistes en que salga de casa, en que tome el aire... y hay algo que me gustaría hacer contigo el lunes por la tarde. Si no tienes inconveniente.

–No, no, claro. Podemos hacer los ejercicios en cualquier sitio –contestó ella, aclarándose la garganta–. Lo que hiciste la otra noche, en casa de Harry... ¿crees que volverás a hacerlo?

Fox levantó la cabeza.

–Me parece que oigo llorar a un niño.

Ella también lo oía, pero aun así vaciló. No podía moverse. Fergus suspiró mientras se acercaba a ella, su torso y sus manos cubiertos de yeso. Se acercó mucho, pero no la tocó. Mejor, porque tenía que volver a clase con los niños.

Pero estaba tan cerca que podía ver el brillo de sus ojos. Y esos ojos la hipnotizaban. No podía apartar la mirada.

–Me hizo mucha gracia que intentaras liarme con otra mujer, pelirroja. Nadie había intentado eso antes.

Luego se acercó un poco más y, sin tocarla, se inclinó para darle un beso en los labios. No era un beso exactamente... más bien la amenaza de un beso o la promesa de un beso.

–¿Quieres saber si la besé?

–No.

–¿Quieres saber si...?

–No.

–Porque te lo contaré si me lo preguntas. Seré sincero contigo. Y tú serías sincera conmigo también, ¿verdad, pelirroja? Me dirías la verdad.

–Sí, claro que sí –murmuró Phoebe. Pero había algo en su voz, algo en sus ojos que la trastornaba. Estaba de los nervios, ella, que podía dar clases de parsimonia a un santo–. Tengo que volver a mi clase.

–Ya lo sé.

–Hablaremos en otro momento.

–Sí, muy bien. Sé que tienes trabajo, pero hablaremos. Desde luego que hablaremos.

Phoebe volvió a su clase pensando que Fergus Lockwood tenía un diablo dentro del cuerpo, que tenía un lado manipulador y perverso. Un lado que le gustaba mucho.

Le hablaba como si fueran amantes. Y lo eran, claro. Pero ella se había convencido a sí misma de que aquello no podía durar. Esperaba, confiaba en que las cosas fueran de otra manera, pero cuando Fox le dijo que era la mujer más sexy que había conocido... se le cayó el alma a los pies.

La deseaba, de eso no había duda. Pero ¿la respetaba, la valoraba?

No había cambiado nada, se dijo. Quería curar a Fergus y cada día, cada semana, había visto su esfuerzo recompensado. Estaba muchísimo mejor, mental y físicamente. Ella no era completamente responsable de esa curación, pero quería pensar que había tenido algo que ver.

Eso era lo que importaba. Que él se pusiera bien. No lo que ella quisiera, no lo que ella soñara.

Phoebe entró en la clase y le espetó a sus alumnas:

—Maldita sea. ¡Ahora vamos a relajarnos!

Las madres la miraron como si estuviera loca... hasta que alguien soltó una carcajada. Y entonces Phoebe intentó reír también.

Capítulo Diez

Cuando llegó Fox el lunes a su casa, Phoebe tuvo que soportar los lloriqueos de Mop y Duster.

—Ya sé que es Fox, chicas, pero no podéis venir. Está lloviendo... Venga, no seáis tontas. Volveré enseguida.

Las perritas sabían eso. Y también sabían que tenían abierta la puerta que daba al jardín, que había comida y agua fresca en la cocina. Pero no querían que Phoebe las dejara solas. Además, ellas querían a Fox, qué caramba.

Y Phoebe también.

Ése era el problema. Suspirando, Phoebe se puso el impermeable sobre la cabeza y corrió hacia el coche. Eran las cuatro de la tarde, pero parecía de noche.

—Iba a buscarte...

—¿Para qué? Entonces nos habríamos mojado los dos —suspiró ella, tirando el impermeable en el asiento de atrás—. Bueno, ¿adónde vamos?

Lo miró por primera vez y luego apartó la mirada enseguida. Ése era el truco. Si no lo miraba a los ojos podía mantener las distancias. Más o menos.

—Ya lo verás.

–¿Por qué estás siendo tan misterioso?

–No soy misterioso. Sólo quiero enseñarte un sitio que me gusta, pero no te preocupes, no está lejos de aquí.

–La cascada está quedando muy bonita, por cierto. Gracias.

–Gracias a ti.

Phoebe tenía miedo de que Fox quisiera romper su relación con ella ahora que la cascada estaba casi terminada. Además, ya sólo les quedaba una sesión. Y él había progresado tanto... sus brazos, sus hombros, todo su cuerpo había recuperado el tono muscular. Se movía con virilidad, con fuerza, con energía.

Ya no la necesitaba.

–No has tenido un dolor de cabeza en toda la semana, ¿verdad? ¿Duermes mejor?

–¿Qué tal si hablamos de cómo duermes tú?

–¿Yo?

«Fatal sin él», pensó Phoebe. Pero no pensaba decírselo.

–Sí, tú.

–Bien. ¿Por qué?

–Por nada. Es que hoy no me apetece hablar de mí –suspiró Fox–. ¿Podemos dejarlo durante un par de horas?

–Sí, claro.

Unos minutos después tomaban una carretera de grava que no llevaba a ningún sitio... bueno, al campo. Pero fue allí donde Fox detuvo el coche.

–¿Qué te parece?

A Phoebe se le ocurrió que podía ser el sitio seguro que había descrito durante el primer ejercicio de relajación, pero no entendía por qué la había llevado allí.

–Es muy bonito... este campo vacío.

–Intenta imaginarlo sin lluvia, con un sol resplandeciente –dijo Fox.

–Yo creo que es precioso bajo la lluvia y que sería aún más bonito con sol –contestó ella.

–He estado pensando en mudarme. Mi madre es estupenda, pero quiero vivir solo. Y quiero tener mi propia casa.

–¿Te sientes con fuerzas para eso?

–Aún no puedo moverme a la velocidad de un caballo de carreras, pero sí, estoy en ello.

–Ah, ya.

–Esta finca es mía y he pensado que estaría bien vivir aquí.

–Yo creo que podrías hacerte una casa preciosa.

–Pondría la cocina ahí, con puertas corredoras y un gran porche en el que tomaría el desayuno: pomelos –dijo Fox, señalando a la derecha–. Todas las paredes serían de cristal para poder ver el campo. Y con paneles solares para ahorrar energía. El dormitorio principal estaría arriba, al norte, pero con ventanas al este y al oeste para ver el amanecer y la puesta de sol.

–Suena maravilloso, Fergus.

–¿Puedes imaginarla?

–Claro que sí.

–¿Te imaginas a ti misma viviendo en una casa así?

Phoebe arrugó el ceño.

–Sí podría. Seguro que es una casa de ensueño, pero... no sé si deberías vivir tan lejos de la ciudad. Y solo.

–Yo no quiero vivir solo –dijo Fox, cerrando un momento los ojos.

–¿Te duele la cabeza?

–No, no, es que... Phoebe, yo...

–No –lo interrumpió ella–. Sé que te duele. No hables. Date la vuelta, Fox. Mira por la ventanilla.

–No lo entiendes. Lo que quiero...

–Deja de hablar. Voy a darte un masaje para que se te pase el dolor.

Suspirando, Fox se dio la vuelta y ella se puso de rodillas sobre el asiento. No era una postura cómoda, pero así podía darle un masaje en el cuero cabelludo.

–Quiero que te imagines delante de un túnel inmenso con los colores del arco iris...

–Lo dirás de broma.

–Haz lo que te digo.

–Muy bien –suspiró él, con ese tono condescendiente que usaban los hombres cuando fingían paciencia. Pero a Phoebe le daba igual.

–Cierra los ojos e imagina un túnel con todos los colores del arco iris. Quiero que des un paso adelante, Fox. Quiero que veas el color rojo. Hay mucha energía en ese color. Pasión, rabia, muchas emociones... Luego vamos a pasar al naranja. Siente lo brillante que es ese color. Un color feliz, como el amarillo. ¡Y el verde! Es un color maravilloso. Casi puedes oler la hierba verde, las hojas verdes... Y ahora, por fin, hemos llegado al azul. Es un azul claro, como el cielo. Un color que da paz. No hay estrés en el azul. Ni miedos, ni preocupaciones. ¿Sientes el azul, Fox?

–Sí, siento el rojo... digo el azul.

Phoebe sonrió.

–Eso es todo lo que tienes que hacer cuando sientas que empieza el dolor. ¿Qué tal?

Fox se volvió hacia ella. La lluvia de un momento antes se había convertido en una tormenta y el agua golpeaba el parabrisas con un sonido rítmico, repetitivo.

–¿Que te hizo, Phoebe?

–¿Qué?

–Ese tipo con el que estabas prometida. ¿Qué te hizo? Dijiste que serías sincera. Yo te he contado lo que me pasó a mí.

Phoebe lo miró, sintiéndose perdida.

–¿No se te ha pasado el dolor de cabeza?

–No me dolía la cabeza.

–¿No?

–No. Tú me has curado, Phoebe. Y lo que quiero ahora es que dejes que te ayude yo –dijo Fox, muy serio–. ¿Qué te hizo ese canalla?

Ella apartó la mirada.

–Es algo de lo que no me gusta hablar. Y menos con un hombre.

–Pues olvida que soy un hombre y piensa en mí como un amigo.

–Eres un amigo. Pero no puedo olvidar que eres un hombre. Ninguna mujer podría.

–No sé si eso es un cumplido o un insulto.

–Es sólo una afirmación.

–Bueno, pues encuentra la forma de contármelo –insistió él.

Phoebe apartó la mirada de nuevo. No sabía cómo empezar.

–En el instituto... yo salía con muchos chicos. Lo pasaba bien, pero siempre decía que no cuando querían ir demasiado lejos. Me reservaba para el hombre de mi vida... Ya sabes cómo son las chicas a esa edad, siempre soñando con el príncipe azul.

–Sí, lo sé.

–Yo quería esperar... y entonces apareció Alan. Pensé que era mi príncipe azul, así que cuando nos prometimos...

–Lo hiciste con él. ¿Te hizo daño?

–No.

–¿Te asustó?

–No. No es eso. Fue estupendo.

–¿Entonces?

–Ése era el problema.

–No entiendo.

–Que me gustó mucho, ése era el problema –suspiró Phoebe–. Al principio, yo no lo entendía. Estábamos prometidos, lo pasábamos bien en la cama, pero poco a poco Alan fue apartándose de mí.

–¿Por qué?

–Porque yo le quería y no había nada que no

quisiera probar con él, o hablar con él en la cama.

–¿Y?

–Y él sentía repulsión.

–¿Qué?

–Ya me has oído.

–No entiendo nada.

Phoebe suspiró.

–Cuanto mejor era en la cama, menos confiaba Alan en mí. Dijera lo que dijera, siempre acababa haciéndome sentir sucia, inmoral.

–Es posible que tengas que contármelo otra vez porque me parece que no entiendo nada.

–Es una doble moral y ocurre con hombres y mujeres. Algunos hombres piensan que una mujer a la que le gusta el sexo es... una persona censurable.

–Eso es ridículo.

–No lo es. Los hombres tienen miedo de que una mujer así no les sea fiel. Creen que si es una gran amante, buscará otros hombres –suspiró Phoebe–. No lo decía claramente, pero es lo que pensaba. Cuanto más nos acostábamos, más se alejaba de mí, menos confiaba en mí... y al final rompió el compromiso.

–Espera un momento...

–No quiero seguir hablando de esto –dijo ella entonces–. Sé lo que vas a decir, que Alan era un imbécil, que los hombres quieren una buena amante, que no todos son iguales.

–A lo mejor no iba a decir eso.

–Ibas a decirlo, pero no necesito que lo hagas.

Yo sé que es absurdo, pero tú me has preguntado y eso es lo que pasó. Y así fue como me hizo sentir.

—Pero ya ha pasado algún tiempo y debes saber que yo no soy así –dijo Fox–. No puedo creer que me compares con ese idiota.

—No es eso. Es que... yo crecí pensando que la sensualidad era una buena cualidad y Alan... destrozó esa convicción.

—Tú dejaste que la destrozase.

—Eso no es justo –protestó Phoebe–. Si alguien te hiere cuando te sientes más vulnerable es difícil seguir... como si nada hubiera cambiado, como si no hubiera pasado nada.

—¿Crees que yo no sé eso?

—Sí, ya... Pero yo he seguido adelante con mi vida. No rechazo el sexo, tú lo sabes.

—Sí. Y es fascinante. Te has acostado con un hombre que estaba a punto de perderse para siempre. Sin trabajo, sin futuro, compadeciéndose de sí mismo, escondiéndose entre las sombras... ¿Por qué te has acostado conmigo, Phoebe?

—No me gusta que hables así de ti mismo. Estabas enfermo, Fox. Necesitabas tiempo para curar.

—Quizá sea verdad, pero tú no lo sabías. Te arriesgaste conmigo y ahora quieres alejarte. ¿Por qué?

—No he dicho que quiera alejarme.

—Y yo no pienso desaparecer, pelirroja. A menos que tú me eches de tu vida. No pienso seguir escondiéndome entre las sombras, de eso estoy seguro. Y quiero saber lo que esperas de mí.

Phoebe se dio cuenta de que había un ultimátum en esa frase. No una amenaza, pero sí una advertencia.

—No puede ser, Fox. ¿Es que no lo entiendes?

—Claro que lo entiendo —contestó él—. Lo entiendo perfectamente.

Capítulo Once

Fox señaló la silla con el dedo.

—Siéntate. Se supone que no debes hacer nada. Siéntate, tómate una copita de vino y déjame trabajar.

—Me tratas como si fuera un perro —protestó Georgia Lockwood—. Siéntate, levántate. ¿Qué forma es ésa de hablarle a tu madre?

—Siéntate, muchacha —repitió Fox, cuando ella intentó levantarse—. Esta noche me toca cocinar. Dijiste que te encantaba este ejercicio, así que pon los pies sobre la silla y relájate.

—Últimamente me das miedo, hijo. Al menos, cuando estabas enfermo podía darte órdenes. No obedecías nunca, pero al menos no te ponías tan antipático.

Antes de que pudiera evitarlo, Georgia se levantó de la silla y miró la cazuela.

—Eso no se parece ni remotamente al buey Stroganoff.

—Porque no lo es.

—Pero si he comprado los ingredientes para tus platos favoritos: la mejor carne, pastel de arándanos, ensalada...

—Siéntate.

Murmurando maldiciones, Georgia obedeció. Pero seguía mirándolo con ojos suspicaces, ojos de madre.

–¿Qué está pasando aquí? –preguntó por fin–. Fergus Lockwood, contéstame.

–Lo que pasa es que ésta es la última vez que vas a arriesgar la vida comiendo algo que yo haya cocinado. Esta noche es la última sesión del loco programa de Phoebe –contestó Fox.

–A toda la familia le encanta el programa, hijo.

–Sí, ya lo sé. Y ha funcionado, ésa es la verdad. Estoy mejor, mucho mejor. Y por eso ha llegado el momento de dar el paso.

–¿Qué paso?

–Irme a vivir solo.

–¿Por qué? –exclamó su madre–. A mí me gusta tenerte cerca, hijo.

–Lo sé. Te gustaría tenernos cerca a los tres, pero necesito recuperar mi vida, mamá. ¿Te acuerdas de la finca en la colina de Spruce? Quiero hacerme una casa allí.

–Ah, eso no está muy lejos –suspiró Georgia, aliviada–. Fergus, el cuchillo se pone a la derecha del plato, no a la izquierda –lo regañó, cuando empezó a poner la mesa–. Cerca de la zona de los colegios, además.

–Pues ése es el plan. Tú eres la primera en saberlo. Voy a hacerme una casa y el año que viene volveré a dar clases.

–¿Por qué el año que viene y no este año?

–No, este año voy a ser el entrenador del equipo de baloncesto. Lo he hablado con Morgan y está decidido.

–Fox, ¿desde cuándo te gusta esto? –preguntó su madre, señalando una bandeja–. ¿Qué está pasando aquí?

–Es pollo al cilantro. Y el postre: cerezas con chocolate.

–Es Phoebe, claro.

No era una pregunta. Su madre no tenía que preguntar.

–Sí, es Phoebe. Pero no empieces a contar con nietos porque aún no sé... creo que la he perdido.

–Oh, Fox...

–Estoy loco por ella, mamá. Es la única mujer con la que podría pasar el resto de mi vida, pero Phoebe no piensa lo mismo. Y no voy a decirte nada más.

–Pero...

–Se supone que esta cena es en tu honor. Y quiero que me cuentes cosas de ti, de tus amigas, de tus partidas de bridge, de tu artritis.

–Pero Fox...

–Ése es el trato. Si sigues preguntando, te quedas sin postre. Esto es algo entre Phoebe y yo. No hay nadie más en el universo que Phoebe y yo.

Y no podía seguir hablando del asunto sin que se le hiciera un nudo en la garganta.

No sabía qué hacer, cómo solucionar el asunto. Si intentaba hacer el amor con ella, pensaría que era sólo sexo. Si no lo intentaba, pensaría que ya no la deseaba. Fox se sentía frustrado por completo. Que un imbécil como el tal Alan hubiera visto su sensualidad, su generosidad como algo sucio... era algo absurdo, impensable.

Pero como no podía buscar a aquel canalla para darle una paliza, poco podía hacer.

Y no estaba acostumbrado a sentirse impotente.

De hecho, nunca se había sentido así.

Phoebe necesitaba saber que la respetaba y él le había contado la verdad de lo que le pasó en Oriente Medio. Le había revelado su parte más vulnerable, su lado más inseguro. Compartiendo sus miedos con ella, creía haber demostrado cuánto la respetaba, cuánto la valoraba.

Pero aquel imbécil había destrozado su autoestima. Y él no podía hacer que la recuperase.

Fox miró el pollo al cilantro y supo que no podría comer.

Tenía que volver a verla una vez más, pero dudaba que sirviera para algo. La había perdido.

Y lo sabía.

Agotada y deshecha, Phoebe abrió la puerta para que sus perritas subieran a la furgoneta. Pero ni Mop y Duster la miraban.

—Mirad, chicas, tenían que poneros esa inyección. El veterinario os adora, la enfermera os adora. ¿No os dais cuenta de que herís sus sentimientos cuando los tratáis como si fueran torturadores?

Ninguna de las dos se molestó en volver la cabeza. Tendría que pagar por llevarlas al veterinario. Seguramente, tendría que darles filetes de comida, llevarlas de paseo durante cuatro horas.

Sabía que lo podía esperar. Ya había pasado antes por eso.

Phoebe arrancó la furgoneta, contenta de que fuera sábado porque no tenía energía. No quería trabajar, no quería ver a nadie, no quería hacer nada. Sólo quería llegar a casa, cerrar la puerta y ponerse a llorar.

Se detuvo en el buzón para sacar la correspondencia y cuando estaba cerrándolo se percató de que había un Mercedes RX 330 blanco aparcado frente a la casa.

El coche de Fox.

Sus perritas se percataron al mismo tiempo y empezaron a ladrar hasta que no tuvo más remedio que dejarlas salir de la furgoneta.

–¿Qué tendrá este hombre? –murmuró. Pero era una pregunta tonta porque ya sabía lo que tenía Fox, por qué era capaz de enamorar a todas las féminas, fueran de la especie que fueran.

No debería haberla sorprendido que estuviera allí, pero la sorprendió porque no había vuelto a ponerse en contacto con ella desde que le mostró la finca en la que iba a construir su casa. Desde que le contó la verdad sobre Alan.

Le había contado la verdad, pero había otras verdades. Por ejemplo, que Fox le había preguntado si se imaginaba a sí misma viviendo allí, con él. Le había dicho que podría desayunar en el porche... pomelos.

Pomelos, su fruta favorita, su desayuno. No el de Fox.

Sólo cuando recordó los pomelos se percató

de que él hablaba en serio. No la quería sólo como amante, sino como esposa.

Y si la quería como esposa, era porque la respetaba, porque la valoraba. Porque era muy importante para él.

Y si era importante para él...

Phoebe bajó de la furgoneta y se soltó el pelo antes de entrar en la casa. Fox estaba acariciando a sus perrillas, riendo con ellas mientras les rascaba la tripa.

Seguía habiendo una tonelada de yeso, herramientas y ladrillos, pero él estaba guardándolo todo en bolsas. Y su cascada estaba terminada del todo. Era como un sueño, exactamente como ella la había imaginado. Había escalones, como si estuviera en medio de la naturaleza y uno tuviera que tirarse a la piscina antes de meterse bajo la cascada... y focos en el interior. Y una especie de barandilla para colocar plantas.

—Fox, es maravillosa. Es perfecta.

Él levantó la cabeza.

—Llegas justo a tiempo.

—¿A tiempo para qué?

—Necesito una víctima para un experimento —contestó Fox.

—¿Qué?

—Hay que probar la cascada, ¿no? Sé que funciona, pero no quiero llevarme nada hasta que la hayas probado.

—¿Qué quieres que haga?

—Que la uses. Llénala de agua. Si todo funciona como tú esperabas, ya está. Se acabó.

152

Phoebe tragó saliva. «Se acabó». Era como si estuviera dándole otra oportunidad. Y si no aceptaba, si no quería arriesgarse...

Fox se había dado la vuelta y, acompañado por sus perritas, empezó a recogerlo todo.

Lentamente, sin decir nada, Phoebe se quitó la camiseta y el sujetador y abrió los grifos de la cascada para comprobar la temperatura. No estaba desnuda del todo. Llevaba su tanga favorito: el de color azul, con la banderita bordada. Ésa no era la ropa interior de una chica tímida y mojigata. Porque ella no era ni tímida ni mojigata. Ni quería serlo.

—Mientras se llena la piscina, voy a...

Fox se volvió entonces y se quedó boquiabierto.

Se le cayó un martillo al suelo. Y luego una llave inglesa.

—El agua está estupenda —sonrió Phoebe.

Fox dejó caer toda la caja de herramientas.

Ella sonrió, dejando que el agua mojase su cara. Se sentía feliz. Así era como se sentía de pequeña. Sobre sí misma, sobre la vida. Limpia.

Y con Fox se sentía limpia.

Esa sensación desapareció cuando estaba con Alan, pero la había recuperado. Por Fox, con Fox. El hombre del que estaba enamorada.

El hombre que se acercaba lentamente, mirándola a los ojos. El hombre que se quitaba la ropa con una sonrisa en los labios.

—¿Quieres volverme loco, pelirroja?

—Sí.

–Quitarte la ropa delante de mí...

–Sí, eso he hecho.

–Un hombre podría imaginar cualquier cosa. Por ejemplo, que quieres que mire ese cuerpo tan bonito que tienes.

–¿Fox?

–¿Qué?

–Esto es lo que hay: una mujer a la que le gusta estar desnuda. Para su amante, sólo para su amante. Para su amor.

–Eso espero –sonrió él, buscando sus labios.

Su Fox, su loco Fox, parecía haber olvidado que estaban bajo el agua... y que él estaba vestido.

–¿Phoebe?

–¿Qué?

–Nos estamos ahogando.

–Ése no es el problema, cariño. ¿Sabes cuál es el problema?

–Dime.

–Que llevas la ropa puesta. Pero ése es un problema que podemos resolver de inmediato.

No era cierto del todo. Los vaqueros estaban empapados y quitárselos fue una tarea casi imposible. Rieron, se resbalaron, se besaron, rieron de nuevo y acabaron sentados en la piscina.

–¡Necesito ayuda!

Y cuanto más reían, más entendía Phoebe que aquél era el hombre de su vida.

El miedo desapareció del todo. Para siempre.

–Te quiero, pelirroja. Te quiero. Ahora, mañana, pasado mañana...

–Yo también te quiero.

–Y te aseguro que vamos a pasarlo bien en la cama –rió Fox–. Tienes mi palabra. Vamos a probarlo todo.

–¿Tú crees?

–Estoy seguro. Porque confío en ti –sonrió él, tomando su cara entre las manos–. ¿Tú confías en mí?

–Del todo.

Quería estar desnuda con él. Física y emocionalmente porque le confiaría su vida.

Se besaron, se tocaron, hicieron el amor... Las perritas ladraban, el teléfono estaba sonando. Todo daba igual.

Cuando acabaron, agotados, con la respiración agitada, medio flotando en el agua de la cascada que Fox Lockwood había construido para ella, Phoebe enterró la cara en su cuello.

–¿Vas a matarme si te digo que eres la mujer más guapa del mundo?

–No.

–¿Y si te digo que eres la más inteligente, la más generosa?

–Eso tampoco está mal.

–¿Y si te digo que eres la mujer más sexy de la galaxia, que haces que me sienta orgulloso de ser un hombre porque tú eres una mujer de los pies a la cabeza?

–Bueno, se acabó. Ahora te la cargas –rió Phoebe.

–Espera, espera, no me mates. Antes tengo que preguntarte algo muy importante.

–¿Qué?

–¿De qué color son las paredes de tu habitación?

Phoebe salió del agua y Fox corrió tras ella.

–Ah, de modo que ésta es tu habitación –murmuró, mientras se secaba con una toalla–. ¿Blanca?

–Después de pintar el piso de abajo no me quedaba más dinero. No quería pintarla de un blanco virginal, un blanco de novia...

–Ah, hablando de novias, ¿qué tal si empezamos a buscar una fecha? Y no me digas que no. Voy a construir una casa para nosotros, Phoebe. Y para nuestros hijos, de modo que no puedes decir que nó. Sé que ahora mismo no tengo trabajo, pero mi padre me dejó un dinero, tengo unos ahorros... y empezaré a trabajar como profesor el año que viene.

Maldito hombre. Tenía que volver a besarlo.

–Muy bien.

–Sabías que volvería a trabajar.

–Sabía que te gustaban mucho los niños, pero no sabía si estabas curado del todo.

–Lo estoy. Gracias a ti.

–Gracias al amor –sonrió Phoebe, besando su cara, su cuello, su frente–. El amor lo cura todo.

–Eso significa...

–Que te quiero. Con todo mi corazón.

–Y eso significa...

–Que sí, que sí, que sí.

Fox dejó de hacer preguntas. Ya no tenía que hacerlas.

Acepte 2 de nuestras mejores novelas de amor GRATIS

¡Y reciba un regalo sorpresa!

Oferta especial de tiempo limitado

Rellene el cupón y envíelo a
Harlequin Reader Service®
3010 Walden Ave.
P.O. Box 1867
Buffalo, N.Y. 14240-1867

¡Sí! Por favor, envíenme 2 novelas de amor de Harlequin (1 Bianca® y 1 Deseo®) gratis, más el regalo sorpresa. Luego remítanme 4 novelas nuevas todos los meses, las cuales recibiré mucho antes de que aparezcan en librerías, y factúrenme al bajo precio de $3,24 cada una, más $0,25 por envío e impuesto de ventas, si corresponde*. Este es el precio total, y es un ahorro de casi el 20% sobre el precio de portada. !Una oferta excelente! Entiendo que el hecho de aceptar estos libros y el regalo no me obliga en forma alguna a la compra de libros adicionales. Y también que puedo devolver cualquier envío y cancelar en cualquier momento. Aún si decido no comprar ningún otro libro de Harlequin, los 2 libros gratis y el regalo sorpresa son míos para siempre.

416 LBN DU7N

Nombre y apellido	(Por favor, letra de molde)

Dirección	Apartamento No.

Ciudad	Estado	Zona postal

Esta oferta se limita a un pedido por hogar y no está disponible para los subscriptores actuales de Deseo® y Bianca®.
*Los términos y precios quedan sujetos a cambios sin aviso previo.
Impuestos de ventas aplican en N.Y.

SPN-03   ©2003 Harlequin Enterprises Limited

Deseo®

Échale la culpa a la oscuridad
Heidi Betts

En la más absoluta oscuridad, atrapados entre dos pisos, Peter Reynolds había llegado a pensar que la mujer con la que había compartido aquel diminuto ascensor no era terreno prohibido... y que la pasión que habían compartido no cambiaría nada.

Pero volvió la luz y Peter supo que había cometido un error.

Lucy Grainger era su secretaria... y quizá ahora estuviera embarazada.

Si hubiera sido cualquier otro hombre, Lucy sería la esposa perfecta, pero había razones que ella jamás comprendería por las que Peter nunca podría casarse... ¿Entonces por qué deseaba que el test de embarazo fuera positivo?

Lo que sucedió en aquel ascensor durante un apagón podría cambiarles la vida...

Bianca®

**Lo más adecuado era casarse con ella...
aunque fuera por obligación**

Ramón Dario deseaba desesperadamente la empresa Medrano, pero el trato incluía una condición sorprendente... casarse con Estrella Medrano, una mujer de mala reputación. Ramón no estaba dispuesto a que lo obligaran a nada, especialmente a casarse.

Pero Estrella no era como la había imaginado. Ramón no podía quitarse de la cabeza aquel maravilloso cuerpo e incluso comenzó a pensar que quizá no merecía la reputación que tenía. Quizá la idea de casarse por conveniencia no fuera tan mala después de todo...

Ambición

Kate Walker